Max von der Grün
Vorstadtkrokodile

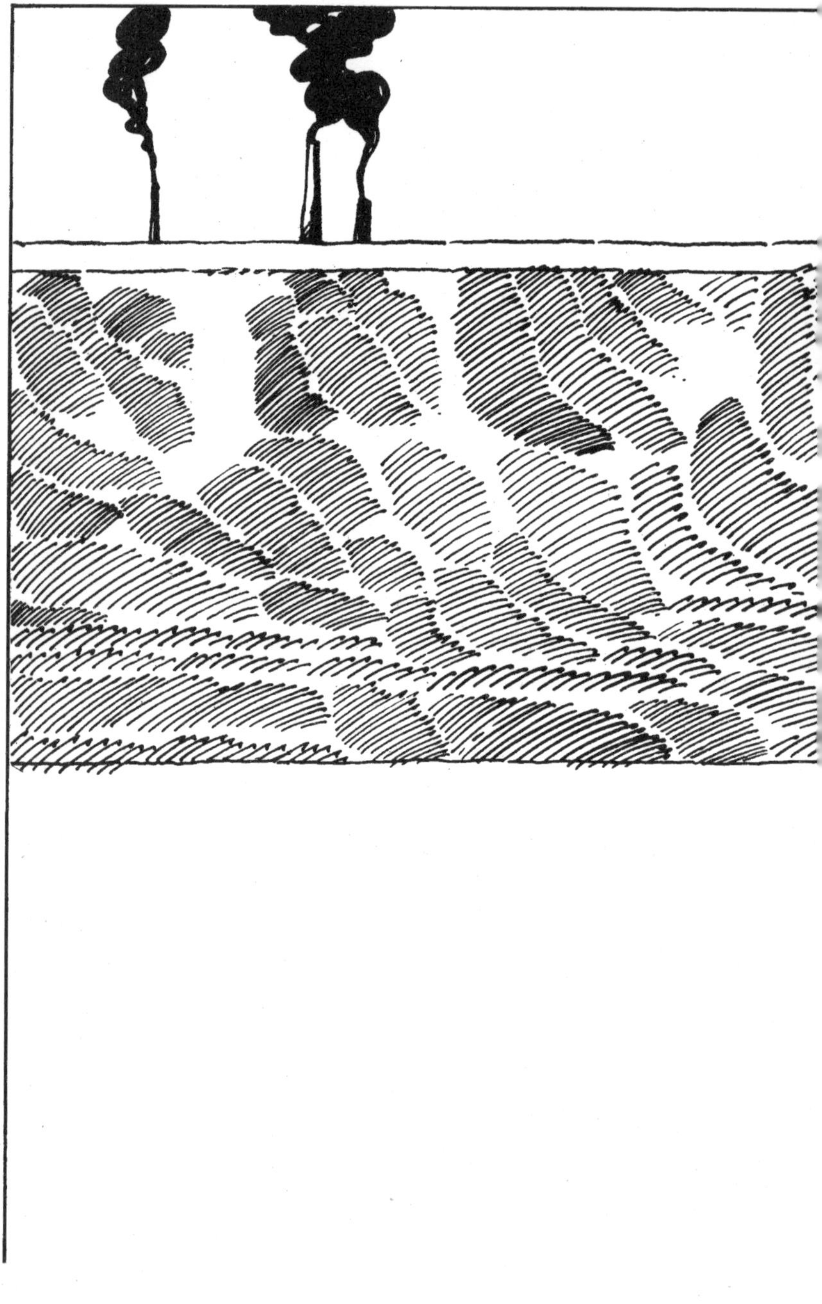

MAX VON DER GRÜN

# VORSTADT KROKODILE

## EINE GESCHICHTE VOM AUFPASSEN

cbj

Olaf hatte die
Idee mit dem
Krokodil.
Er ist der Älteste
und Stärkste,
der Anführer.

Maria darf nur
mitmachen, weil sie
seine Schwester ist.
Aber was täten
die Krokodiler
ohne sie?

**Theo muss seine kleine Schwester täglich spazieren fahren. Deswegen wird er manchmal ausgelacht.**

**Peter bohrt in der Nase, wenn er aufgeregt ist. Und sonst auch.**

Willi ist in seiner Altersgruppe zweiter Stadtmeister im Schwimmen.

Alle Krokodiler können gut Fahrrad fahren. Otto kann es am besten.

Hannes (10), der Kleinste und Jüngste, schließt zuerst Freundschaft mit Kurt …
… und Kurt sitzt in seinem Rollstuhl, wartet, denkt nach, passt auf.

Rudolf und Frank in der alten Ziegelei. Es ist nicht so einfach da hineinzukommen (gefährlich ist es auch), wenn man nicht die Löcher im Zaun kennt. Aber die kennen auch andere Leute ...

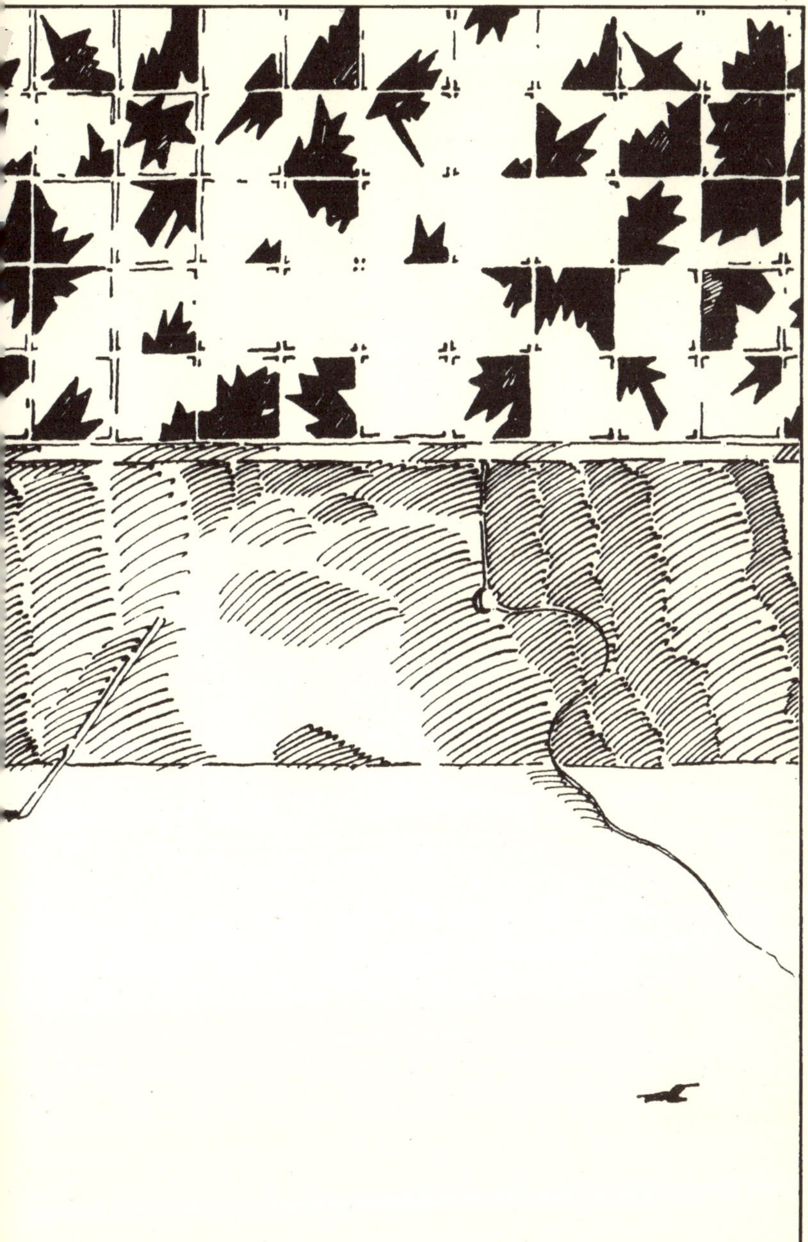

Meinem Sohn Frank

»Du traust dich ja doch nicht! Du Angsthase!«, rief Olaf, ihr Anführer. Und die Krokodiler riefen im Chor: »Traust dich nicht! Traust dich nicht!«

Nur Maria, Olafs Schwester, dreizehn Jahre und damit ein Jahr jünger als ihr Bruder, hatte nicht mitgeschrien, sie hatte so viel Angst um Hannes, dass sie wegsah. Die neun Krokodiler standen in einem Halbkreis am Ende der Leiter, die senkrecht zehn Meter hoch zum Dach führte, und sahen gespannt zu, wie Hannes, den sie Milchstraße nannten, weil er so viele Sommersprossen im Gesicht hatte, langsam die Sprossen hochkletterte, um seine Mutprobe abzulegen. Die war Bedingung für die Aufnahme in die Krokodilbande.

Hannes hatte Angst, das konnte man ihm ansehen, er war zudem nicht schwindelfrei, aber er wollte es den größeren Jungen beweisen, dass er als Zehnjähriger so viel Mut besaß wie sie, die alle schon diese Mutprobe abgelegt hatten.

Hannes hing ängstlich an der verrosteten Feuerleiter und wagte nicht nach unten zu sehen.

»Komm runter, du schaffst es ja doch nicht, du Schlappschwanz!«, rief Olaf wieder und die anderen Jungen lachten.

Hannes tastete sich langsam und vorsichtig die wackelige Feuerleiter zum Dach hoch. Je höher er kletterte, desto mehr schwankte die Leiter, denn ihre Verankerung war an mehreren Stellen aus der Wand gerissen. Einige Sprossen waren so verrostet, dass Gefahr bestand durchzubrechen, wenn sie belastet würden. Hannes wagte nicht nach unten zu sehen, er sah nur nach oben, wo er sein Ziel vor Augen hatte.

Endlich war Hannes am Dach angekommen. Er sah zum ersten Mal nach unten. Ihm wurde schwarz vor Augen, er machte sie sofort wieder zu, zehn Meter sind doch eine ganz schöne Höhe. Damit er nicht vor Angst aufschrie, presste er die Zähne aufeinander, so sehr, dass ihm die Kiefer schmerzten.

Aber er hatte leider nur den ersten Teil der Mutprobe abgelegt, der zweite Teil bestand darin, dass er von der Leiter auf das Dach klettern und oben auf dem First beide Arme heben und »Krokodil« rufen musste, dann durfte er wieder herunterklettern.

»Los! Weiter! Kletter doch auf das Dach«, rief Olaf.

»Nur keine Angst haben, Milchstraße«, rief Frank.

Maria sagte leise zu ihrem Bruder: »Lass ihn runterkommen. Er wird abstürzen.«

Aber Hannes kletterte schon von der Leiter über die Dachrinne auf das Dach, legte sich dort auf den Bauch und kroch langsam zum First hoch, wobei er sich mit den Händen an den Dachziegeln hochzog und mit den Füßen, wenn er einen Halt gefunden hatte, abstützte. Das ging langsam, Zentimeter für Zentimeter nur kam er vorwärts, es war mühsam und kräfteraubend, er musste vorsichtig sein, denn im Laufe der Jahre waren viele Dachziegel morsch geworden, verwittert, sodass seine Kletterei nicht ungefährlich war. Manchmal, wenn er glaubte einen Halt gefunden zu haben, riss ein Dachziegel unter seinen Händen weg und klatschte unten auf den Hof.

Dann blieb Hannes vor Schreck liegen, ohne sich zu rühren.

Endlich war er am First angekommen.

Hannes keuchte, er ruhte sich ein paar Minuten auf dem Bauch liegend aus, dann setzte er sich vorsichtig auf, hob beide Arme und rief: »Krokodil! Krokodil! Ich hab es geschafft!«

Die Krokodiler unten auf dem Hof riefen zurück: »Du bist aufgenommen! Hurra! Milchstraße, komm runter! Du bist aufgenommen!«

Und Olaf rief noch: »Das hast du gut gemacht. Prima!«

Aber seine Schwester, die neben ihm stand, sagte wieder leise: »Er wird bestimmt abstürzen.«

»Dumme Ziege«, zischte ihr Olaf zu, »halt deine Klappe, was verstehst du denn schon davon.«

Und Frank sagte zu ihr: »Du hast doch nicht raufklettern müssen, du darfst doch nur bei uns sein, weil Olaf dein Bruder ist.«

Das alte Ziegeleigelände, auf dem sie standen und das seit Jahren verlassen lag und ihnen manchmal als Spielplatz diente – Tafeln warnten zwar vor dem Betreten des Geländes –, war etwa zwei Kilometer von der Papageiensiedlung entfernt, in der sie alle wohnten. Das Ziegeleigelände bot einen trostlosen Anblick, die Fensterscheiben im alten Bürogebäude waren längst zerbrochen, die

Mauern waren morsch, die Dächer löcherig, und wenn ein Sturm tobte oder ein schweres Gewitter, dann fielen Dachpfannen auf die Erde. Es war nicht ungefährlich in der Ziegelei zu spielen. Schon vor Jahren hätten die Gebäude abgerissen werden sollen, es hieß, auf dem Gelände werde ein Supermarkt errichtet, aber bislang war noch nichts passiert. Dass die Krokodiler da spielten, lag einfach daran, dass sie nirgendwo einen geeigneten Spielplatz fanden. In den Vor- und Hintergärten ihrer Siedlung war es verboten, und auf der Straße zu spielen war noch gefährlicher. Und wenn sie doch einmal in den Gärten spielten, dann hieß es nur: Ihr macht ja den Rasen kaputt... jetzt ist schon wieder alles schmutzig.

An die Papageiensiedlung grenzte ein kleiner Wald, er wurde »Kleine Schweiz« genannt, aber niemand wusste, woher der Name kam. Dort spielten sie vor allem und dort hatten sie auch aus Ästen und Reisig eine Hütte gebaut.

Der Förster sah es nicht gerne, aber er verjagte sie auch nicht, weil sie keinen Schaden anrichteten.

Auf das Ziegeleigelände gingen sie immer dann, wenn ein Junge in ihre Bande aufgenommen werden wollte und die Mutprobe ablegen musste. Wer die Mutprobe nicht bestand, der wurde nicht aufgenommen.

Auf das Dach hinaufzuklettern war für Hannes bedeutend leichter gewesen, als wieder herunterzukommen, denn beim Abstieg konnte er nicht sehen, wohin er seine Füße setzte, und zurückzuschauen traute er sich immer noch nicht, weil ihm dann schwindelig wurde.

Immer wieder, wenn seine Hände einen Halt gefunden hatten, musste er mit den Füßen eine Stütze ertasten, bis er darauf stehen konnte. Das war zwar mühsam, aber Hannes glitt allmählich auf dem Bauch Zentimeter um Zentimeter abwärts.

An den Knien war seine Hose schon aufgerissen und auch sein Pulli war an den Ellenbogen durchgescheuert. Seine Hände waren zerkratzt und die Fingerkuppen bluteten. Hannes musste es schaffen, er musste den Krokodilern, die sich ihm gegenüber immer so herablassend benommen hatten, beweisen, dass er für die Bande weder zu jung noch zu schwächlich war. Wenn er unten auf dem Hof anlangte, dann war er einer der ihren, dann durfte keiner mehr sagen: Hau bloß ab, du halbe Portion.

Da plötzlich, schon im unteren Drittel des Daches, riss ein Ziegel, an dem sich Hannes mit dem Fuß abgestützt hatte, aus seiner Verankerung.

Langsam rutschte er auf dem Bauch abwärts und ihm war erst gar nicht bewusst, was da passierte, aber als er merkte, dass er sich nirgendwo mehr festklammern konnte, schrie er, so laut er nur konnte: »Hilfe! Hilfe! Ich stürze ab…«

Im Abrutschen riss er noch ein paar Ziegel heraus, die mit lautem Knall auf den Hof fielen und dort auf dem Betonboden in tausend Stücke zerplatzten. Die Krokodiler aber konnten ihm nicht helfen. Sie sahen, vor Schreck gelähmt, nur hinauf auf das Dach. Sie mussten ein paar Schritte zurücktreten, sonst wären sie von den herabfallenden Ziegeln getroffen worden.

Maria biss sich vor lauter Aufregung auf die Faust. Olaf sah mit offenem Mund nach oben, auch er brachte kein Wort hervor.

Erst in der Dachrinne fand Hannes mit seinen Füßen wieder einen Halt, seine Hände klammerte er um eine freiliegende Dachlatte.

Endlich schrie Olaf: »Hannes! Halt dich fest, wir holen Hilfe! Halt dich fest!«

Aber als Hannes in seiner Angst und Verzweiflung zu weinen anfing und zu schreien, liefen die Krokodiler plötzlich fort. Hannes, der es nicht sehen konnte, drückte sein Gesicht in das Loch des Daches und schrie weiter aus Leibeskräften um Hilfe.

Er hoffte, einer der Krokodiler würde zu ihm aufs Dach klettern, um ihm zu helfen. Seine Angst steigerte sich, weil auch die Dachrinne zu schwanken begann. Auch sie war angerostet und stellenweise aus der Halterung gerissen. Er musste fürchten, dass sie jeden Moment auseinander brach. Es war nur eine Frage der Zeit, wie lange die Dachrinne die Last noch trug.

Auch Maria war anfangs so verwirrt, dass sie hinter den Jungen hergelaufen war, hatte dann aber versucht, als sie schon außerhalb des Ziegeleigeländes waren, die Jungen aufzuhalten. Aber die rannten, als würden sie verfolgt. Sie rissen ihre Fahrräder aus dem Straßengraben, schwangen sich einer nach dem andern darauf und rasten davon, Richtung Papageiensiedlung. Die Krokodiler hatten plötzlich mehr Angst als Hannes auf dem Dach.

Maria war hinter den Jungen hergefahren, wollte dann

umkehren, besann sich aber und fuhr weiter bis zur Hauptstraße. Dort trat sie in eine Telefonzelle. Sie wählte die Nummer der Feuerwehr und rief aufgeregt in die Muschel: »Sofort kommen... mit Leiter, auf das Ziegeleigelände an der Papageiensiedlung... da hängt einer an der Dachrinne... der stürzt ab... sofort kommen!« Dann hängte sie ein.

Als Maria wieder auf die Straße hinausgetreten war, glaubte sie Hannes schreien zu hören, aber das konnte wohl schlecht möglich sein, denn zur Ziegelei war es mehr als ein Kilometer und der Verkehrslärm auf der Hauptstraße hätte Hannes' Schreien übertönt.

Maria wartete vor dem Telefonhäuschen und sie wusste nicht, was sie machen sollte. Aber da hörte sie auch schon das Martinshorn der Feuerwehr und gleich darauf sah sie das große rote Auto um die Kurve verschwinden, von wo aus eine schmale Straße zur Ziegelei führte.

Sie schwang sich auf ihr Fahrrad und fuhr den Weg zurück, den sie gekommen war. Sie kam vor der Ziegelei an, als die Feuerwehrleute schon die lange Leiter ausgefahren hatten und ein Feuerwehrmann sich anschickte, auf der Leiter hinaufzuklettern.

Maria versteckte sich hinter den Sträuchern, damit sie von niemandem gesehen werden konnte, sie hatte Angst, dass es ihr jedermann ansehen könnte, dass auch sie Hannes im Stich gelassen hatte.

Dann sah sie einen zweiten Feuerwehrmann die Leiter hochsteigen und es schien ihr, es sei nur noch ein Kinderspiel, Hannes vom Dach zu tragen.

Hannes schrie noch, als er längst wieder auf seinen eigenen Beinen stand. Dann weinte er.

Einer der Feuerwehrmänner versuchte ihn zu beruhigen, aber einen zweiten hörte Maria sagen: »Verhauen sollte man dich, übers Knie legen. So ein Leichtsinn. Du kannst froh sein, dass du noch lebst... na, dein Vater wird es dir schon besorgen.«

»Tot könntest du sein«, hörte sie einen anderen Feuerwehrmann sagen, »tot. So ein Leichtsinn! Was wolltest du denn auf dem Dach...«

Da brach die Dachrinne entzwei, auf der Hannes die ganze Zeit einen Halt gefunden hatte. Die eine Hälfte klatschte auf den Hof, sodass auch die Feuerwehrmänner erschrocken zurücksprangen.

»Na, das war aber auch höchste Zeit«, sagte wieder einer der Feuerwehrmänner.

Und der, der Hannes vom Dach getragen hatte, sagte nur: »Hast du gesehen... tot könntest du jetzt sein. So ein Leichtsinn.«

Und während sich Hannes beruhigte, er hatte gar nicht wahrgenommen, was um ihn herum vorgegangen war, sagte der Fahrer des Feuerwehrwagens: »Einen Dusel hast du gehabt... dass du noch lebst, ist ein Wunder... ich dürfte nicht dein Vater sein, ich würde dir die Hammelbeine schon stramm ziehen... hoffentlich tut er es auch.«

Obwohl das Ziegeleigelände gut zwei Kilometer von den nächsten Wohnhäusern entfernt lag, hatten sich doch schon einige Neugierige eingefunden. Sie waren mit Fahrrädern und Mopeds gekommen.

Maria wagte sich nun endlich aus ihrem Versteck hervor. Sie stellte sich hinter die gaffenden Leute. Sie wollte von niemandem erkannt werden. Sie dachte, jedermann müsste ihr ansehen, dass sie mitschuldig war an dem, was sich zugetragen hatte. Maria begann zu zittern, wenn sie daran dachte, was mit Hannes hätte passieren können, wenn die Feuerwehr nur ein paar Minuten später gekommen wäre.

»Wie bist du überhaupt hier hereingekommen?«, fragte ein Feuerwehrmann Hannes. Aber der gab keine Antwort.

»Warst du denn allein«, fragte ein anderer, »war denn niemand mit dir?« Aber Hannes gab keine Antwort.

»Na, dann eben nicht«, sagte der Fahrer des Wagens und stieg in das Führerhaus.

Die Feuerwehr brachte Hannes in dem großen Auto nach Hause in die Siedlung. Aber als der große rote Wagen vor dem Haus seiner Eltern vorfuhr, zwei Feuerwehrleute Hannes über die Straße führten, da gab es doch einen Auflauf in der Siedlung, und Hannes' Mutter, die zufällig aus dem Fenster gesehen hatte, riss schreckensbleich die Haustür auf und nahm ihren Sohn in die Arme. Sie war so verwirrt, dass sie zu fragen vergaß, was denn vorgefallen sei.

»Sie müssen ihm mal ins Gewissen reden«, sagte ein Feuerwehrmann, »dass man nicht dort rumklettert, wo ›Betreten verboten‹ steht, schließlich kann er doch schon lesen. Oder?«

Die Mutter nickte nur automatisch, sie drückte Hannes an sich und hatte Mühe ihre Tränen zu verbergen.

»Na dann«, sagte der Feuerwehrmann wieder, »dann wollen wir Sie auch nicht länger aufhalten, es ist ja noch mal alles gut gegangen… Glück gehabt.«

Die Mutter führte Hannes in die Küche, setzte sich dort auf einen Stuhl und schwieg. Sie faltete nur die Hände und dann sagte sie: »Wie konntest du nur… tot könntest du sein.«

Als Hannes dann wieder zu weinen anfing, nahm sie ihn in die Arme und sagte: »Nun lass gut sein… ich mach dir ja keine Vorwürfe… aber es darf nicht wieder passieren… wie ist es denn eigentlich passiert?«

Da erzählte Hannes doch die Geschichte von der Mutprobe und der Aufnahme in die Krokodilbande. Seine Mutter schüttelte nur den Kopf und sagte endlich: »Da hast du dir ja schöne Freunde ausgesucht… schöne Freunde, laufen einfach weg, wenn einer von ihnen Hilfe braucht. Auf die brauchst du gar nicht stolz zu sein.«

Als Hannes' Vater nach Hause kam, er hatte schon an der Straßenbahnhaltestelle von Bekannten aus der Siedlung gehört, was vorgefallen war, da wollte er erst seinen Sohn ohrfeigen, aber die Mutter ging dazwischen und rief: »Was soll das. Sei froh, dass er noch lebt… denk dran, was alles hätte passieren können.«

Hannes saß wie ein Häufchen Elend in der Küche und wagte nicht seinen Vater anzusehen. Er hätte in diesem Moment alles versprochen, was sein Vater von ihm verlangt hätte, Hauptsache, er blieb ungeschoren.

»Damit wir klar sehen, mein Sohn, als Strafe vierzehn Tage kein Fernsehen«, sagte sein Vater, »spielen mit dem

Hasen Hannibal ist verboten, Ausgang ist verboten, Taschengeld ist für vierzehn Tage gestrichen…«

»Jetzt ist es aber genug«, rief die Mutter.

»Das ist noch lange nicht genug. Hast du dich nicht selber schon beschwert über die Jungs, zu denen unser Herr Sohn nun gehört, was haben die schon alles angestellt. Denk nur mal dran…«

»Jaja, ich weiß…«

»Die Invaliden im Wald ärgern sie immer, rufen Hustemänner hinter ihnen her, die Mädchen lassen sie nicht in Ruhe, kreisen sie mit ihren Fahrrädern ein, die setzen sich auf die Bäume und werfen auf die Leute mit Steinchen und dann…«

»Jaja, ich weiß«, sagte Hannes' Mutter, »aber die tun ja auch noch was anderes. Und jetzt lass gut sein, sei doch froh, dass unser Sohn…«

»Noch lebt«, rief er dazwischen, »es hätte erst gar nicht so weit kommen dürfen. Abstürzen hätte er können.«

»Ich bin aber nicht abgestürzt. Ich bin jetzt bei den Krokodilern…«, rief Hannes, der seine Angst vor dem Vater fast verloren hatte.

»Eine schöne Bande, diese Krokodiler, Erwachsene ärgern, sonst können die nichts«, grollte der Vater immer noch.

»Die haben alle dufte Fahrräder«, antwortete Hannes, »im Schwimmverein sind sie und der Förster hat auch nichts dagegen, dass sie im Wald eine Hütte gebaut haben.«

»Sieh du lieber zu, dass du deine Schularbeiten machst,

da hast du genug zu tun«, sagte der Vater und holte sich aus dem Kühlschrank eine Flasche Bier.

»Wer ist denn alles bei diesen Krokodilern?«, fragte die Mutter.

»Na, der Olaf ist der Anführer und dann die Maria, das ist seine Schwester, und dann der Peter...«

»Der Schwarzhaarige, der immer in der Nase bohrt?«, fragte die Mutter.

»Und der Willi, weißt doch, der mit den langen blonden Haaren...«

»Der kaut immer an den Fingernägeln«, sagte seine Mutter wieder. Sie lachte und sagte: »Kaninchen sagen sie zu ihm... weil er so kaut.«

»Das weiß ich nicht, aber ein guter Schwimmer ist er, der hat bei den Stadtmeisterschaften schon drei Preise gewonnen in seiner Altersklasse«, antwortete Hannes.

»Mag ja sein«, knurrte sein Vater.

»Der Otto ist dabei, der kann Handstand auf dem Fahrrad machen, und der Theo...«

»Meinst du den Rothaarigen aus der Seitenstraße? Der immer seine kleine Schwester spazieren fahren muss? Du, Hannes, das ist ein lieber Junge.«

»Siehst du. Der Frank ist auch dabei, Affe sagen sie zu ihm, weil er so gut klettern kann, und der Rudolf, der hat ein tolles französisches Fahrrad...«

»Sein Vater verdient ja auch genug, die können sich das leisten. Was glaubst du, was uns die Feuerwehr für eine Rechnung schicken wird, weil sie dich vom Dach geholt hat...«

»Du meinst?«, rief seine Frau.

»Ich kann mir vorstellen, dass die Feuerwehr das nicht umsonst macht... ausgerechnet jetzt, wo wir noch so viel zu zahlen haben nach deiner langen Krankheit«, sagte der Vater.

»Ich werde mir schon wieder was dazuverdienen mit meiner Schneiderei zu Hause«, sagte die Mutter.

»So war es doch nicht gemeint«, erwiderte ihr Mann, »ich meine ja nur, mehr als tausendzweihundert Mark werde ich für die nächste Zeit nicht verdienen. Überstunden sind nicht mehr drin, es ist zur Zeit ziemlich mies im Betrieb, haben genug Schleifer...«

»Aber du wirst doch nicht...«, rief sie erschrocken.

»Nein, ich werde nicht entlassen, wo denkst du hin, ich wollte nur sagen, es sind saure Zeiten, da muss unser Herr Sohn nicht auch noch... sonst muss er die Rechnung der Feuerwehr von seinem Taschengeld bezahlen.«

»Da kann er lange zahlen«, sagte seine Frau, »von den fünf Mark, die er jede Woche kriegt... und die wirft er ja auch nicht zum Fenster raus, da kauft er sogar für Hannibal Futter.«

»Die Miete wird im nächsten Jahr höher, zwanzig Mark, hab ich gehört.«

»Dann müssen wir dreihundertfünfzig bezahlen?«

»Genau«, sagte der Vater, nahm die Zeitung und setzte sich in das Wohnzimmer.

Kaum war der Vater aus der Küche, hüpfte Hannibal durch die offen stehende Tür in das Zimmer. Hannes rief leise, der Zwerghase kam angehoppelt und sprang auf

Hannes' ausgestreckten Arm. Hannes setzte Hannibal auf seinen Schoß und hielt ihm eine Mohrrübe hin, die er mit Genuss zu fressen begann.

»Hannibal hört dich schon, wenn du noch auf der Straße bist«, sagte die Mutter, »dann kratzt er an der Tür wie ein Hund.« Sie streichelte Hannibal, der sich aber beim Fressen nicht stören ließ.

Der Hase hatte ein silbergraues Fell und war ein Geburtstagsgeschenk von Hannes' Großmutter. Sein Vater hatte für den Zwerghasen einen großen Stall gebastelt. Er stand im Kinderzimmer und musste jeden zweiten Tag von Hannes gereinigt werden.

Das Spielverbot mit dem Hasen hatte sein Vater wieder aufgehoben, weil es nicht möglich war Hannibal ständig einzusperren, aber das Fernsehverbot hielt er aufrecht. Deshalb sah Hannes in den folgenden Tagen viel aus dem Fenster, besonders wenn er allein in seinem Zimmer war.

Am dritten Tag bemerkte er draußen auf der Straße eine Frau, die einen Jungen im Rollstuhl schob. Der Junge war etwas älter als er selbst, vielleicht zwölf. Der Junge hatte braune Haare und seine Beine waren mit einer Decke umwickelt.

Als er die Frau am nächsten Tag mit dem Jungen wieder sah, ging er ins Wohnzimmer, wo seine Mutter an der Nähmaschine saß, und fragte, was mit dem Jungen wäre.

»Warum fragst du?«, sagte seine Mutter. »Die wohnen nicht weit weg von uns, in der Silberstraße.«

»Und was ist mit dem Jungen?«, fragte Hannes

»Der kann nicht laufen, der muss immer getragen oder gefahren werden, der ist querschnittsgelähmt. Als er drei Jahre alt war, ist er die Treppe runtergefallen.«

»Und davon kann man…?«, fragte Hannes.

»Sicher, wenn man unglücklich fällt. Die Operation damals hat auch nichts genützt… der Junge muss sein Leben lang im Rollstuhl sitzen.«

»Das ist ja schrecklich«, sagte Hannes.

»Das hätte dir auch passieren können, wenn du vom Dach gefallen wärst. Das kann jedem Menschen passieren. Guck dir mal an, wenn er morgen früh um halb acht abgeholt wird. Du hast doch erst um zehn Schule.«

Am nächsten Morgen, obwohl Hannes gerne länger geschlafen hätte, lief er in die Silberstraße. Er stellte sich einfach auf die andere Straßenseite gegenüber dem Haus, das ihm seine Mutter beschrieben hatte.

Ein weiß-blauer Ford Transit fuhr vor, der Fahrer stieg aus, öffnete hinten die beiden Türen und zog eine zweischienige Rampe auf die Straße herunter. In diesem Augenblick öffnete sich die Haustüre und die Frau, die er vom Sehen schon kannte, schob rückwärts über eine Rampe, die aus Beton neben den drei Stufen vor der Haustür gebaut war, den Rollstuhl herunter und über den Bürgersteig auf die Straße. Der Fahrer des Busses half ihr dann, den Rollstuhl mit dem Jungen in den Transit zu schieben.

Hannes rannte plötzlich über die Straße und rief: »Kann ich helfen?«

»Dafür bist du viel zu schwach«, antwortete der Fahrer

und band den Rollstuhl mit Lederriemen fest. Im Auto saßen schon einige Kinder, größere und kleinere. Die behinderten Kinder wurden in eine Spezialschule gefahren.

Hannes fragte den Jungen im Rollstuhl: »Wie heißt du denn?«

»Kurt. Und du bist Hannes, die Milchstraße, und dich hat die Feuerwehr vom Dach geholt.«

»Das weißt du?«

»Ich weiß alles, was in der Siedlung vorgeht«, antwortete Kurt. Dann schloss der Fahrer beide Türen und wenig später fuhr er ab zur Hauptstraße.

»Na, willst du nicht nach Hause gehen? Hast du heute keine Schule?«, fragte Kurts Mutter.

»Doch, doch«, antwortete Hannes und lief weg.

Als er zu Hause angekommen war, sagte er zu seiner Mutter: »Das ist aber schlimm, wenn man nicht laufen kann.«

»Natürlich ist das schlimm, auch für seine Mutter, weil doch dem Kurt sein Vater Schichtarbeit hat und nicht immer helfen kann... Der Fahrer vom Schulbus muss der Frau dann immer helfen Kurt in die Wohnung zu tragen.«

»Ob ich ihn mal besuchen kann?«, fragte Hannes.

»Bestimmt, das wäre jedenfalls besser, als wenn du mit deinen Krokodilern die Gegend unsicher machst und alte Leute erschreckst und die Mädchen belästigst... Ach ja, was ich dich schon immer fragen wollte, sag mal, wo waren denn deine sauberen Freunde, als du am Dach gehangen hast?«

Hannes gab keine Antwort, er schämte sich ihretwegen,

er konnte ja nicht wissen, das Maria es gewesen war, die die Feuerwehr benachrichtigt hatte. Hannes gab seiner Mutter keine Antwort, er ging aus der Küche, wo seine Mutter Wäsche zu bügeln begann. Hannibal hoppelte hinter ihm her.

In seinem Zimmer sprang Hannibal auf die Couch und begann sich zu putzen. Hannes nahm seinen Schulranzen, seine Schularbeiten hatte er jetzt immer fertig, seit ihm Fernsehen verboten war.

Die Krokodiler fanden in der Kleinen Schweiz ein totes Reh, als sie zu ihrer Hütte fuhren. Sie standen um das Reh herum und waren ratlos. Sie wussten nicht, was sie mit dem verendeten Tier anfangen sollten. Peter bohrte vor Aufregung so heftig in der Hase, dass Hannes ihm zurief: »Peter, hör endlich auf oder schreib uns eine Ansichtskarte, wenn du oben bist.«

Aber keiner lachte, das tote Reh vor ihren Füßen verwirrte sie.

Olaf sagte: «Es muss auf der Straße angefahren worden sein und hat sich dann noch bis hierher geschleppt, so muss es gewesen sein.«

»Wir könnten es häuten und dann auf dem Spieß braten«, sagte Maria.

»So ein Quatsch«, rief Peter, »erstens schmeckt es nicht und dann kann jeder den Rauch sehen, wenn wir im Wald ein Feuer machen.«

»Wir könnten auf die Felder gehen«, sagte Maria.

»Auf den Feldern sieht man uns erst recht«, erwiderte

Frank. »Wer soll denn so ein großes Tier enthäuten und dann die Innereien herausnehmen... ich hab da mal zugeschaut bei einer Notschlachtung beim Bauer Holtkampf, da kommt einem das Kotzen...«

»Dann lasst es uns begraben«, sagte Maria.

Die Jungen nickten, ihnen war alles recht, Hauptsache, das Tier würde nicht mehr hier liegen und sie stören. Sie holten einen Spaten und eine Spitzhacke. Ihre Hütte war gut eingerichtet, von der Sperrmüllabfuhr hatten sie sich alte Stühle besorgt und einen Tisch, und wenn sie irgendwo weggeworfenes Werkzeug entdeckten, nahmen sie es mit. Der Boden der Hütte war mit Moos ausgelegt, sogar einen alten, fast schon blinden Spiegel hatten sie sich an den Stamm der Buche gehängt, um den die Hütte herumgebaut war. Olaf und Frank hatten vor einem Jahr in dem Geäst der Buche einen Hochstand gebaut, aber den mussten sie auf Anordnung des Försters wieder abreißen, sonst hätte er sie auch aus der Hütte vertrieben.

An der Stelle, wo das Reh lag, begannen sie das Loch zu graben. Das war gar nicht so einfach, da der Waldboden mit unzähligen kleinen Wurzeln verwachsen war. Sie wechselten sich bei der Arbeit ab, trotzdem schwitzten sie und erst zwei Stunden später war das Loch so tief, dass das Reh hineinpasste. Dann warfen sie das Loch wieder zu und trampelten die Erde fest, weil sie nicht wollten, dass man den frischen Hügel sah.

»Wir sollten Blumen draufstreuen«, sagte Maria.

»Du bist ja total plemplem«, erwiderte ihr Bruder. »Geh

doch gleich in die Gärtnerei und bestell einen Kranz mit Schleife, du dumme Ziege.«

»Dich hätten wir gleich mit dazulegen sollen«, rief Frank.

Da war Maria beleidigt und fuhr nach Hause.

Hannes erzählte am Abend seiner Mutter von dem Fund und dem Begräbnis im Wald, weil sie wissen wollte, wo er sich so lange herumgetrieben hatte.

Seine Mutter aber sagte: »Wenn ihr wieder mal ein totes Tier findet, dann müsst ihr das dem Förster melden. Der Förster kennt alle seine Tiere, wie ein Bauer seine Kühe kennt, er wird es jetzt vermissen. Und wenn man schon das Tier nicht mehr essen kann, dann ist ja immerhin das Fell noch brauchbar… und wenn nicht, es gehört sich so, dass man es dem Förster meldet.«

Am nächsten Tag, als sie wieder in der Hütte saßen, erzählte Hannes den Krokodilern, was er von seiner Mutter erfahren hatte. Die aber sahen ihn nur erstaunt an, sie wussten das nicht. Früher, bevor sie ihre Hütte gebaut hatten, hatten sie nicht einmal gewusst, dass es in ihrer großen Industriestadt überhaupt Förster gab. Sie waren der Meinung gewesen, Förster gäbe es nur in ländlichen Gebieten und nicht im Ruhrgebiet, wo ein Haus neben dem andern steht und eine Fabrik neben der anderen und die kleinen Wälder nur vergrößerte Parkanlagen sind.

»Wir könnten es jetzt dem Förster melden«, sagte Theo mit seiner Schottenmütze, die er auch bei großer Hitze nicht abnahm.

»Der schimpft uns aus«, sagte Maria.

»Aber dann weiß er doch wenigstens, wo das Reh geblieben ist, wenn er es schon nicht mehr ausgräbt«, antwortete Theo.

»Ach was«, rief Olaf, »jetzt nicht mehr. Vergessen wir alles. Das nächste Mal wissen wir Bescheid.«

»Vielleicht kriegen wir eine Belohnung«, warf Peter ein.

Frank antwortete boshaft: »Ja, eine automatische Nasenbohrmaschine für dich.«

Die anderen lachten.

»Ihr seid gemein!«, rief Peter, schwang sich auf sein Fahrrad und verließ den Wald.

»Das war gemein«, sagte Hannes zu Frank.

»Gemein? Weißt du, was gemein ist? Einem nackten Mann in die Tasche langen, das ist gemein.«

Aber keiner lachte, denn sie kannten die Redensart schon.

Am übernächsten Nachmittag musste Hannes für seine Mutter in den COOP einkaufen gehen, unterwegs traf er Olaf, Peter, Frank und Rudolf, die zum Schwimmen ins Hallenbad fuhren.

»Kommst du mit?«, fragte Olaf.

»Geht nicht, muss für meine Mutter einkaufen, die ist wieder schlecht auf den Beinen wegen ihrer Krampfadern.«

»Na, dann eben nicht«, sagte Olaf und die Jungen fuhren weiter.

Vor der Ladentür des COOP wartete Kurt im Rollstuhl auf seine Mutter, die im Laden Besorgungen machte.

Kurts Beine waren wieder mit einer Decke umwickelt, obwohl es warm war.

»Warum hast du denn immer eine Decke um deine Beine?«, fragte Hannes.

»Weil ich die Beine nicht bewegen kann. Da werden sie kalt. Deshalb muss ich eine Decke drum haben.«

»Und kalt dürfen sie nicht werden?«, fragte Hannes.

»Willst du dir gerne die Zehen erfrieren?«, fragte Kurt.

»Aber es ist doch sehr warm«, antwortete Hannes.

»Für dich ja, aber nicht für meine Beine. Weißt du, wenn sie kalt werden, dann zirkuliert das Blut nicht so, sagt der Arzt, und das kann gefährlich werden.«

»Ach so«, sagte Hannes, obwohl er kein Wort verstand.

»Aber stehen kann ich, wenn mich einer festhält«, fuhr Kurt fort.

»Stehen kannst du? Wie lange denn?«, fragte Hannes interessiert.

»Na, nicht lange, ein paar Minuten. Meine Mutter übt mit mir... du wohnst doch in der Gudrunstraße? Ich wohne in der Silberstraße, aber das weißt du ja. Ich kenne alle von euch Krokodilern. Ich beobachte euch immer. Ich hab einen Feldstecher.«

»Feldstecher? Was ist denn das?«, fragte Hannes.

»Kennst du kein Fernglas?«

»Ach so, Fernglas meinst du, sag das doch gleich«, erwiderte Hannes und er wusste jetzt nicht so recht, was er mit dem Jungen reden sollte, der nicht laufen konnte, der in eine Sonderschule musste, der nicht Rad fahren und nicht auf der Straße spielen konnte. Er hätte Kurt gerne mehr von den Krokodilern erzählt, von der Hütte im Wald und vom toten Reh, das sie begraben hatten, aber er wusste nicht, ob ihn das auch interessierte. Vielleicht hatte Kurt noch nie ein Reh gesehen. Er konnte ja nicht laufen und wusste daher nicht, wie es ist, wenn man vor einem Förster ausreißt, wenn man Leute ärgert, Mädchen mit Fahrrädern einkreist, auf Bäume klettert und von oben Erwachsene mit Steinchen bewirft, dass sie dann stehen bleiben, nach oben sehen und doch nichts entdecken, weil man selbst im Blattwerk gut versteckt ist.

»Kannst du mal zu mir kommen?«, fragte Hannes dann doch. »Ich meine zum Spielen. Ich habe einen Zwerghasen, der ist ganz zutraulich, der frisst mir aus der Hand. Hannibal heißt er.«

»Das wird nicht gehen«, antwortete Kurt. »Vor eurem Haus ist keine Auffahrrampe, da müssten mich zwei Mann in eure Wohnung tragen... aber du kannst ja zu mir kommen«, fügte Kurt noch schnell hinzu, als habe er Angst, Hannes könnte ablehnen.

»Sicher komme ich, wenn ich darf, ich meine, wenn deine Mutter es erlaubt.«

Da kam Kurts Mutter schon mit zwei prall gefüllten Einkaufstaschen aus dem Laden. Sie nickte Hannes zu.

»Darf ich Kurt schieben?«, fragte er.

»Das ist für dich bestimmt zu schwer. Aber du kannst mitkommen und zugucken, wie das mit dem Rollstuhl gemacht wird.«

Die Frau stellte die beiden schweren Taschen auf Kurts Schoß, der sie mit beiden Armen festhielt. Beinahe hätte

Hannes seinen eigenen Auftrag vergessen. Er lief in den Laden, um Margarine und Obst einzukaufen, Kurt und seine Mutter warteten vor dem Laden auf ihn. Dann lief Hannes neben dem Rollstuhl her bis zur Silberstraße, er durfte dann doch mit schieben helfen, wenn die Straße etwas Steigung hatte, und Kurt half auch selbst mit, als seine Mutter ihm die Einkaufstaschen abgenommen hatte. Er drehte an den beiden Metallrädern, die neben den Laufrädern angebracht waren. Das ging zwar langsam, war aber für den, der schob, eine große Erleichterung. Auch eine Bremsvorrichtung befand sich an jedem Rad, und wenn es bergab ging, bremste Kurt, damit der, der den Rollstuhl schob, nicht allein das Gewicht aufhalten musste.

Vor dem Haus half Hannes mit, den Rollstuhl über die Rampe in den Hausflur zu schieben. Unterwegs hatte er genau beobachtet, wie das mit dem Rollstuhl gemacht werden musste, und hatte sich die Kniffe gemerkt, die notwendig waren, um das schwere Gefährt handhaben zu können.

»Du machst das schon ganz gut«, lobte ihn Kurts Mutter, »in ein paar Tagen kannst du das allein.«

»Das will ich auch«, sagte Hannes.

»Da musst du aber schon noch ein paar Wurstschnitten mehr essen, wenn du das allein machen willst«, lachte Kurts Mutter.

Im Hausflur wurde es dann doch schwierig, aber auch da besaßen Mutter und Sohn Übung. Die Frau ging einfach in die Hocke, Kurt schlang beide Arme um ihren Hals und sie trug ihn in die Wohnung. Dort ließ sie ihn langsam zu Boden gleiten. Hannes trug die beiden Einkaufstaschen hinterher und er war nicht wenig erstaunt, als Kurt sich in der Wohnung allein fortbewegte; er robbte auf dem Fußboden, der mit Teppichboden ausgelegt war. Er zog sich mit beiden Armen einfach vorwärts und schleppte die Beine hinter sich her, und das nicht einmal langsam.

Kurt hatte ein großes Zimmer mit einem breiten Fenster, von dem aus man ein Stück der alten Ziegelei sah. Auf weißen Regalen an der Wand standen eine Unmenge Spielzeugautos, auf dem Fußboden eine Hochgarage mit Waschanlage und elektrischem Aufzug, auf dem die Autos in die einzelnen Etagen befördert werden konnten.

»Was arbeitet denn dein Vater?«, fragte Hannes.

»Der ist Fahrer bei der Müllabfuhr«, antwortete Kurt. »Und deiner?«

»Meiner ist Schleifer in der Maschinenfabrik. Meine Mutter war ein halbes Jahr krank, ist an den Krampfadern operiert worden. Jetzt geht es ihr schon wieder besser.«

»Mein Vater hat im Wagen ein Sprechfunkgerät«, sagte Kurt, »da können sich die Fahrer alle miteinander unterhalten.«

»Mein Vater kann keine Überstunden mehr machen und jetzt verdient er auch nicht mehr so viel«, sagte Hannes.

»Meiner braucht da keine Angst zu haben, weil es doch immer Müll gibt«, antwortete Kurt. »Aber das Geld brauchen wir immer auf den letzten Pfennig, was glaubst du, was meine Eltern immer ausgeben müssen meinetwegen, zahlt doch nicht alles die Krankenkasse. Meine Eltern müssen oft auf das Sozialamt laufen, damit sie Zuschüsse bekommen, dann ist mein Vater immer schlechter Laune, er sagt, bis die einem Geld geben, muss man einen Kilometer Formulare ausfüllen.«

»Meine Mutter sagt immer, es wird niemandem etwas geschenkt«, antwortete Hannes.

In seinem Zimmer war es Kurt möglich, sich selbst zu bewegen, er konnte sich allein in seinen Rollstuhl ziehen und dann durch das Zimmer fahren, er konnte auch allein zur Toilette, das brauchte zwar seine Zeit, aber er konnte es ohne fremde Hilfe. In der Wohnung hatte seine Mutter mit Kurt nur dann viel Arbeit, wenn er gebadet werden musste, das konnte sie nicht allein, sie wartete, bis ihr Mann nach Hause gekommen war.

So viele Spielzeugautos hatte Hannes noch nie gesehen, nicht einmal in einem Spielwarenladen. Kurt und Hannes spielten mit den Autos und der Garage. Sie ließen die geparkten Wagen durch die Schnecke wieder aus der Garage herausfahren. Sie ließen die Autos auf der bunten Rennbahn, die am Fensterkreuz befestigt war, heruntersausen, dann schoben sie sie zum Tanken, denn unter der Hochgarage befand sich eine Tankstelle, die ebenfalls elektrisch funktionierte. In der Waschanlage war richtiges Wasser.

»Bring doch deinen Hasen mal mit«, sagte Kurt.

»Kann ich nicht, sonst läuft er weg. Wenn er wo fremd ist, dann wird er unruhig. Am besten, du kommst mal zu mir, mein Vater kann dich Huckepack tragen, wir wohnen auch im Parterre«, sagte Hannes.

Kurts Mutter trat ins Zimmer: »Hannes, es ist Zeit, du musst nach Hause, sonst sucht dich deine Mutter.«

»Kommst du wieder?«, fragte Kurt. »Ich bin jeden Tag ab vier Uhr zu Hause, am Samstag hab ich überhaupt keine Schule, da kannst du auch kommen.«

»Natürlich komme ich wieder. Wenn ich darf?«

»Selbstverständlich darfst du«, antwortete Kurts Mutter. »Du kannst jeden Tag kommen.«

Hannes ging.

Zu Hause wollte ihn seine Mutter ausschimpfen, weil er so lange weggeblieben war, aber als er ihr erzählte, dass er Kurt besucht hatte, sagte sie nichts mehr. Sie meinte nur, das sei auf jeden Fall besser, als mit den Krokodilern herumzuziehen und nur Unsinn anzustellen. Das meinte Hannes zwar nicht, aber er widersprach auch seiner Mutter nicht. Er hielt es für besser, denn er fürchtete, dass sonst das Fernsehverbot verlängert würde.

Am nächsten Nachmittag trafen sich wieder alle Krokodiler in ihrer Hütte im Wald. Am kommenden Sonntag wollten sie eine Radtour ins nahe Münsterland unternehmen und sie berieten, welchen Weg sie fahren wollten und was jeder für diese Radtour mitzubringen hatte. Zu ihrer Überraschung stellte Hannes plötzlich den Antrag, Kurt Wolfermann bei den Krokodilern aufzunehmen, natürlich ohne Mutprobe, sozusagen als Ehrenmitglied, nicht als aktives Krokodil.

Als er fertig war, lachte Olaf nur. Die anderen schwiegen oder grinsten.

»So ein Quatsch«, rief Olaf. »Was sollen wir mit dem, mit einem Krüppel, der dauernd gefahren werden muss. Wir können nur welche brauchen, die auf Bäume und Dächer klettern.«

»Kurt ist kein Krüppel«, schrie Hannes empört, »er kann nur nicht laufen... und im Kopf hat er genauso viel wie wir alle zusammen, dass ihr es nur wisst.«

»Komm, Hannes«, sagte Peter begütigend, »Olaf hat schon Recht. Der Kurt muss doch immer geschoben werden, was sollen wir mit so einem.«

Frank meinte: »Wenn wir den bei uns haben, dann können wir nicht mehr Fahrrad fahren, dann müssen wir immer Rücksicht nehmen... Fahrrad kann er auch nicht fahren.«

Peter fragte wieder: »Wer soll ihn denn schieben? Wir vielleicht? Mensch, Hannes, dafür muss man doch eine Ausbildung haben, wenn man so einen Stuhl schiebt, stell dir nur vor, wenn da mal was passiert, dann sind wir schuld.«

»Ich hab ihn gestern geschoben und habe auch keine Ausbildung, und ein wenig kann sich Kurt auch allein bewegen, wenn die Fahrbahn eben ist... ich war bei ihm in der Wohnung.«

»Der kann leicht umkippen«, sagte Frank, »ich hab das mal gesehen, dass er beinahe umgekippt wäre vor dem Konsum.«

Maria sagte: »Wir kennen uns mit so was nicht aus, wie das alles funktioniert, wenn was passiert, dann sind wir schuld... und dann, stellt euch mal vor, wir sind unterwegs und er muss mal aufs Klo… wir können doch in die Büsche… wenn der mal pinkeln muss oder was Großes machen muss, na, da denk mal dran.«

Sie waren verlegen.

Auch Hannes war nachdenklich geworden, denn von dieser Seite aus hatte er es noch nicht betrachtet, und als sie schon wieder auseinander laufen wollten, sagte Hannes: »Dann müssen wir das eben lernen, kann doch nicht so schwer sein, Kurt wird uns schon sagen, wie alles gemacht werden muss… Ich habe ihn selbst geschoben, allein, es ist gar nicht so schwer, wie es aussieht.«

»Wir können ihn nicht tragen, wenn er mal getragen werden muss«, sagte Peter.

»Er muss ja nicht auf Radtouren mitkommen«, erwiderte Hannes und er wurde langsam zornig. »Aber er kann doch in unserer Hütte dabei sein.«

»Er kann nicht mal aufs Dach steigen«, sagte Olaf wieder.

»Na, damit wird es wohl endgültig vorbei sein«, erwiderte Maria und grinste. »Nach dem Vorfall mit der Feuerwehr.«

Olaf und die anderen Krokodiler waren für einen Moment erschrocken, ihnen war es unangenehm, auf dieses Thema angesprochen zu werden, weil sie feige gewesen waren an diesem Tag.

Nach anfänglichem Zögern sagte Olaf, so, als dürfe kein Widerspruch mehr aufkommen: »Vorbei oder nicht vorbei, was sollen wir mit so einem machen, der immer geschoben werden muss. Blöde Idee vom Hannes.«

»Stimmen wir doch ab«, schlug Maria vor.

Bei der Abstimmung zeigte es sich dann, dass alle gegen Kurts Aufnahme waren, nur Hannes stimmte dafür und Maria enthielt sich der Stimme.

Fast hätte Hannes geheult vor Wut. Olaf, der das bemerkte, legte Hannes den Arm um die Schulter und versuchte ihn zu trösten: »Komm, Hannes, ist ja schön, dass du dich für den Kurt einsetzt, weil er in deiner Nachbarschaft wohnt. Aber überleg doch mal, er wäre für uns immer ein Klotz am Bein, wir müssten immer auf ihn Rücksicht nehmen, ganz egal, was wir auch machen wollen. Das solltest du auch mal überlegen.«

An diesem Nachmittag gingen die Krokodiler auseinander, ohne noch weiter über ihre geplante Fahrt ins Münsterland gesprochen zu haben. Sie fuhren zum Schwimmen. Theo hätte eigentlich zu Hause sein müssen, um seine kleine Schwester spazieren zu fahren, aber auch er fuhr mit.

Das war im Juni. Über der großen Stadt Dortmund lastete eine kaum erträgliche Hitze, der Staub und der Gestank aus den großen Fabriken machte das Atmen schwer. Die Ferien waren noch in weiter Ferne, erträglich war es nur im Wald und in den Schwimmbädern, in der Schule beim Unterricht schliefen sie manchmal ein, so heiß war es. Es war auch die Zeit, wo fast täglich in den nördlichen Vororten nachts in Läden eingebrochen wurde. Gestohlen wurden vor allem Wein und Schnaps, Kofferradios und Fernsehgeräte, Zigaretten, aber auch Geld, wenn es sich noch in den Ladenkassen befand.

Fast jeden zweiten Tag erfuhren die Leute aus der Zeitung, dass wieder irgendwo eingebrochen worden war. Auch ganze Kisten Dosenbier wurden gestohlen, Konserven, Hartwürste, besonders aber Kassettenrecorder, Radios und Tonbandgeräte. Immer waren die Einbrecher wie vom Erdboden verschwunden. Niemand hatte sie gesehen, niemand konnte Hinweise geben. Nach wenigen Tagen schon sprachen Polizei und Einwohner nur noch von der Geisterbande, weil sich keine Spuren fanden, keine Fingerabdrücke. Die Polizei tappte im Dunkeln. Es wurde eine Belohnung von fünfhundert Mark ausgesetzt. Die geschädigten Ladenbesitzer hatten noch einmal eine Belohnung von tausend Mark ausgesetzt für Hinweise.

Aber auch das half nichts, es gab einfach keine Hinweise, die der Polizei bei der Aufklärung hätten weiterhelfen können. Dabei wurden die Einbrüche nur in den nördlichen Vororten verübt.

Die Einwohner hatten natürlich, wie das immer so ist in diesen Fällen, zuerst die Ausländer in Verdacht, die Türken und die Italiener.

Die Gastarbeiter wohnten in einem Altbauviertel hinter der Kleinen Schweiz, das einen heruntergekommenen Eindruck machte, weil die Hausbesitzer nichts mehr an den Häusern reparierten. Die Häuser sollten in einigen Jahren abgerissen werden, um Platz für neue Hochhäuser zu machen. An vielen Häusern war der Putz längst abgefallen und zerbrochene Fensterscheiben waren durch Pappe ersetzt.

In der Papageiensiedlung erzählten einige Leute wichtigtuerisch, dass die Türken die Einbrecher seien, andere wiederum meinten, das passe eher zu den Italienern, aber insgesamt waren sie sich darin einig, dass es nur Gastarbeiter sein konnten. Die Polizei hatte auch schon einmal auf Grund einer anonymen Anzeige in dem Ausländerviertel eine Haussuchung vorgenommen, aber nichts gefunden, was den Verdacht hätte bestätigen können.

Vor allem Olafs Vater konnte sich nicht genugtun, in der Familie und in seiner Stammkneipe die Ausländer zu beschuldigen. »Dieses Pack«, sagte er immer, »sollen doch hingehen, wo sie hergekommen sind, nehmen uns nur die Arbeitsplätze weg.«

Als Olaf einmal beim Abendessen sagte, dass es doch auch Deutsche sein könnten, bekam er von seinem Vater eine Ohrfeige und wurde angeschrien: »Wenn ich sage, dass es Ausländer sind, dann sind es Ausländer. Basta!«

»Und wenn draußen die Sonne scheint, und du sagst, es regnet, dann regnet es noch lange nicht«, erwiderte Maria und lief sofort aus dem Zimmer, damit sie sich nicht auch noch eine Ohrfeige einhandelte.

Natürlich redeten auch die Krokodiler über die Einbrüche, kein Wunder, denn seit Tagen war das in ihren Familien Gesprächsthema Nummer eins. Die wildesten Gerüchte waren in Umlauf, die unglaublichsten Verdächtigungen wurden ausgesprochen.

Hannes hatte seinen Vater gefragt: »Was meinst du, Vater, wer die sind?«

Er hatte nur geantwortet: »Jeder kann es sein.«

Und Kurts Vater hatte auf die Frage seines Sohnes noch

gesagt: »Ich glaube gar nicht, dass es richtige Einbrecher sind, vielleicht sind es nur welche, die sich einen Spaß machen wollen.«

Als sich die Krokodiler am Sonntagvormittag in ihrer Hütte trafen, redeten sie natürlich darüber. Zu Hause erzählten sie immer, dass sie in die Kirche gingen, dabei war Sonntagvormittag immer Treffpunkt in der Kleinen Schweiz.

Als sie vor der Hütte standen, kamen Kinder den Weg entlang. Die Krokodiler hörten sofort, dass es Ausländer waren, auch wenn sie Türkisch von Italienisch nicht unterscheiden konnten, sie hörten jedenfalls kein deutsches Wort.

Als die Kinder fast vor ihrer Hütte waren, rannte Frank mit Indianergeheul auf sie zu, warf mit Tannenzapfen und kleinen Steinen nach ihnen und schrie hinter ihnen her: »Schert euch weg, ihr Spagettifresser!«

Es waren Italienerkinder. Sie waren so erschrocken, dass sie vor lauter Angst das Weite suchten, nur ein kleiner Knirps, der seine Schuhe verloren hatte, kehrte noch einmal um, um sie aufzulesen, Frank trat ihn dabei in den Hintern. Der Kleine schrie wie verrückt, da ließ Frank von ihm ab.

Die anderen Krokodiler waren inzwischen dazugekommen. Olaf stand breitbeinig wie ein Cowboy mitten auf dem Weg und lachte hinter den Kindern her.

Peter sagte: »Der Kleine hat dir doch gar nichts getan.«

»Sich an einem Kleinen zu vergreifen!«, rief Hannes.

»Ach was«, erwiderte Frank, »mein Vater sagt immer,

alle Ausländer sind Spitzbuben, vor denen ist nichts sicher, und mein großer Bruder sagt auch, dass die Kinder von den Ausländern schon zu Gangstern erzogen werden.«

»Es muss nicht alles wahr sein, was dein Vater und dein großer Bruder sagen«, erwiderte Peter. Er war so empört, dass er sogar vergaß, in der Nase zu bohren.

»Geh mal hin und erzähl das meinem Vater«, sagte Frank, »wirst sehen, was der mit dir macht, der legt dich übers Knie, das macht er mit dir.«

»In der Fabrik hetzt er auch immer gegen die Ausländer, sagt mein Vater«, warf Hannes ein.

Franks Vater war Vorarbeiter in der Fabrik, in der Hannes' Vater als Schleifer arbeitete.

Frank sah Hannes an, erwiderte aber kein Wort.

»Kommt, Leute«, sagte Maria, »lasst uns nicht streiten wegen unserer Eltern, die sind halt so, die ärgern sich schon wegen einer Fliege an der Wand.«

»Und warum sind sie so?«, fragte Hannes. »Meine Eltern sind nicht so.«

Darauf bekam Hannes keine Antwort.

Sie kehrten zur Hütte zurück, es war allen peinlich gewesen, was Frank da gemacht hatte, denn eine Abmachung in ihrer Bande hieß: Vergreif dich nicht an Schwächeren. Und Frank war es nun auch anzusehen, dass ihm selbst nicht wohl war. Er sagte wie zur Entschuldigung: »Was haben die eigentlich hier im Wald verloren, sollen doch in ihrem Viertel bleiben.«

»Ist es dein Wald?«, fragte Maria.

»Wir spielen ja auch nicht im Italienerviertel«, erwiderte Frank.

Am Spätnachmittag fuhr Hannes in die Silberstraße, um mit Kurt zu spielen, wie sie es am Tag vorher verabredet hatten. Es regnete, sie hätten sowieso nicht im Freien spielen können. Gegen Abend ging ein heftiges Gewitter nieder, es wurde so dunkel, dass sie im Zimmer das Licht einschalten mussten. Nur die rasch aufeinander folgenden Blitze erhellten für Sekunden die Siedlung.

Kurt saß in seinem Spezialstuhl, als Hannes in sein Zimmer trat, und malte mit Wasserfarben auf einem Tisch, den sein Vater von einem Schreiner hatte anfertigen lassen. Der Tisch konnte von Kurt allein so gedreht werden, wie er ihn brauchte.

Kurt malte Landschaften und Gegenstände, die er vom Fenster aus sah. In der Schule wurden seine Bilder im Klassenraum und in den Vitrinen auf den Fluren ausgehängt, weil sie die besten waren. Manchmal allerdings malte er so, dass seine Eltern es nicht verstanden, und wenn sie ihm sagten, dass die Buche am Süggelbach doch ganz anders aussehe, antwortete er nur: »Ich male die Buche so, wie ich sie sehe.«

Dann erwiderten seine Eltern nichts mehr und ließen ihn gewähren, weil es ja doch keinen Sinn hatte ihm etwas einzureden.

»Spielen wir wieder Garage?«, fragte Hannes.

»Willst du nicht mit malen?«, fragte er.

»Kann ich ja doch nicht«, sagte Hannes.

»Wieso kannst du nicht? Hast du es denn schon mal probiert?« Und als Hannes den Kopf schüttelte, fügte Kurt hinzu: »Na also, dann kannst du auch nicht wissen, ob du es kannst oder nicht. Setz dich zu mir.«

Hannes versuchte es. Er pinselte drauflos und was herauskam, waren Farbkleckse auf dem Papier, die man mit viel Phantasie für ein Haus oder für einen Gartenzaun oder auch ein Tier halten konnte.

Kurt, der sich das Ergebnis ansah, meinte: »Macht nichts, das nächste Mal wird es besser.«

Und als Hannes sich ein neues Blatt zurechtgelegt hatte, da sagte Kurt: »Ich weiß, wer die Einbrecher sind.«

Beinahe wäre Hannes der Pinsel aus der Hand gefallen, so überrascht war er. Er sah Kurt groß an. »Du weißt, wer die…«

»Nicht so laut, meine Eltern dürfen nichts davon wissen, kein Wort.«

»Du weißt es? Menschenskind, warum zeigst du sie denn nicht an? Von wem weißt du es… hat es dir jemand gesagt, wer ist es denn…« Hannes war so aufgeregt, dass er nicht leise sprechen konnte.

»Sei doch nicht so laut, meine Eltern sitzen im Wohnzimmer, die können doch alles hören.«

»Kurt, Mensch, nicht einmal die Polizei weiß was, die tappt völlig im Dunkeln, sagt mein Vater. Red schon, wer ist es?« Zum Schluss flüsterte Hannes nur noch.

»Gut, ich sage es dir, wenn du mir versprichst, dass ihr mich mitnehmt in eure Hütte in der Kleinen Schweiz, dann sag ich es dir.«

»Kurt, sag schon. Das wäre ja ein Ding. Eine große Belohnung ist ausgesetzt, tausendfünfhundert Mark, stell dir mal vor, was man alles damit anfangen könnte...«

»Nehmt ihr mich mit in die Hütte?«

»Natürlich nehmen wir dich mit!«, rief Hannes so laut, dass Kurt wieder seinen Finger auf den Mund legte. »Natürlich nehmen wir dich mit«, flüsterte Hannes.

Er hätte in diesem Augenblick alles versprochen, Hauptsache, er erfuhr, wer die Einbrecher waren. Das würde ein Staunen geben bei den Krokodilern.

»Wir nehmen dich mit, wenn deine Eltern es erlauben«, flüsterte Hannes einschränkend. Hannes erzählte Kurt jedoch nicht, dass sein Antrag, ihn bei den Krokodilern aufzunehmen, abgelehnt worden war, und er sagte ihm auch nicht die Gründe der Ablehnung, er schämte sich plötzlich für die anderen Krokodiler. Und er war sich auch klar darüber, dass er nicht allein entscheiden konnte, ob Kurt zur Hütte mit durfte oder nicht, alle mussten ihre Zustimmung geben. Aber das war jetzt erst einmal unwichtig, Hauptsache, er erfuhr, worüber alle redeten und doch nichts Genaues wussten, nicht einmal die Polizei.

»Meine Eltern werden es schon erlauben, dass ich mitkomme, wenn ich sie darum bitte«, sagte Kurt, »die schlagen mir keinen Wunsch ab. Warum auch. Mach dir darüber keine Sorgen.«

»Kurt, nun red schon. Wer sind sie? Ausländer? Deutsche? Denk dran, da ist eine Belohnung ausgesetzt und dann, wie stehen wir da, wenn wir das wissen und die anderen nicht«, flüsterte Hannes aufgeregt.

»Es sind drei«, erwiderte Kurt ernst. »Alle drei haben ein Moped... weißt du, ich habe sie hier vom Fenster aus beobachtet, vor vierzehn Tagen, als sie bei uns im COOP eingestiegen sind, du weißt doch, was das am anderen Morgen für eine Aufregung war. Keine Spur hat die Polizei gefunden... Schnapsflaschen und Wein sind geklaut worden.«

Hannes sah unwillkürlich aus dem Fenster. Der Konsum an der Ecke war von Kurts Fenster aus gut zu überblicken. Ein Schaufenster war zu sehen und die Hälfte der Tür.

»Du hast sie gesehen? Und du hast nichts gesagt? Nichts? Du hast nichts gemeldet? Aber das ist...«

»Weißt du, ich kann manchmal nachts nicht schlafen, das kommt davon, sagt der Doktor, weil ich körperlich nicht müde werde wie andere Jungen, die den ganzen Tag rumlaufen können. Weil ich immer sitzen muss und rumgeschoben werde, bin ich nicht so müde.«

»Jaja«, flüsterte Hannes, »erzähl schon weiter!«

»Weißt du, wenn ich nicht schlafen kann, dann ziehe ich mich aus meinem Bett in den Rollstuhl, das kann ich ganz gut allein. Entweder ich lese oder ich beobachte die Siedlung und die Straße... du glaubst gar nicht, wie viele Leute manchmal unterwegs sind...«

»Jaja«, unterbrach ihn Hannes ungeduldig, weil Kurt ihm Sachen erzählte, die ihn eigentlich nicht interessierten. »Erzähl doch weiter!«, flüsterte er.

»Es sind drei Mann«, sagte Kurt. »alle drei haben Mopeds. Einer hat ein grünes, einer ein rotes. Das dritte

Moped habe ich nicht erkennen können, das war nicht unterm Licht von der Straßenlaterne.«

»Ach«, erwiderte Hannes enttäuscht, denn er hatte erwartet, dass Kurt Namen nennen würde. Dabei erzählte er nur von Mopeds. Hannes sagte: »Mehr weißt du nicht? Mensch, Kurt, grüne und rote Mopeds gibt es in unserer Stadt doch wie Sand am Meer, da kannst du lange suchen, das ist genauso, wie wenn du eine Stecknadel in einem Heuhaufen suchen willst.«

»Erstens sind es nicht so viele, wie du meinst, und zweitens ist das doch eine gute Spur… und dann, weißt du, noch was… das grüne Moped hatte hinter dem Sitz einen hohen Bügel, an dem Bügel waren lange farbige Bänder, kennst das doch, die dann flattern, wenn man fährt… mehr habe ich leider nicht sehen können, war ja Nacht und mein Fernglas ist kein Nachtglas, leider. Aber das wäre doch schon was, wenn wir alle gemeinsam so eine, wie heißt das doch… eine Fahndung machen würden, meine ich. Die Spur haben wir ja.«

»Es gibt wahrscheinlich ein paar tausend Mopeds von der Sorte«, sagte Hannes enttäuscht.

»Wenn ich die Männer wieder sehe, ich glaube, ich würde sie bestimmt erkennen, obwohl… ihre Gesichter habe ich nicht gesehen. Die waren normal groß, alle drei hatten Sturzhelme auf, ich glaube, es waren rote Sturzhelme mit Streifen in der Mitte… und die Mopeds hatten Seitentaschen am Gepäckträger.«

»Kurt, warum hast du denn deinen Eltern nichts davon erzählt? Mensch, Kurt, ich hätte die nachts geweckt«, sagte Hannes, der allmählich seine Enttäuschung überwand.

»Weißt du, Hannes, die würden mir ja sowieso nicht glauben, die sagen dann immer, ich hätte nur geträumt. Und weißt du, die dürfen auch nicht wissen, dass ich oft die halbe Nacht nicht schlafen kann. Meine Mutter würde die ganze Nacht am Bett bei mir sitzen, bis ich eingeschlafen bin. Hat sie gemacht, früher. Da sag ich lieber gar nichts mehr. Wenn ich was sage, dann rufen die gleich den Arzt an, der muss mir dann irgendwelche Mittel verschreiben... nein, das würde zu viel Aufregung geben.«

Hannes saß immer noch am Tisch und schaute aus dem Fenster auf den COOP, der nur etwa fünfhundert Meter entfernt war. Er malte sich aus, was er tun würde, wenn er nachts wach läge und Einbrecher beobachten könnte.

»Es waren auf jeden Fall drei junge Männer«, sagte Kurt noch, »ganz junge, keine Erwachsenen, das sieht man doch, wie die sich bewegen.«

Als Hannes an diesem Abend nach Hause ging, nahm er sich vor, all das, was er von Kurt erfahren hatte, seinen Eltern zu erzählen. Als er aber zu Hause war, sagte er seinen Eltern doch nichts, er fürchtete, sie würden ihn nur auslachen und sagen, was sie schon oft gesagt hatten: Erzähl uns doch keine Schauermärchen.

Nach dem Abendessen durfte er noch eine Stunde nach draußen, das Gewitter hatte sich verzogen, die Straßen dampften. Er nahm sein Fahrrad und fuhr zu Olaf in die Sternstraße. Maria und Olaf spielten auf der Straße Federball.

Hannes setzte sich auf den Bordstein und wartete, bis die beiden mit ihrem Spiel fertig waren. Sie würden ihn schon fragen, es kam ja selten vor, dass er um diese Zeit noch auftauchte.

Tatsächlich, Maria fragte ihn: »He, Milchstraße, was gibt's denn? Erzähl schon.«

»Ich weiß, wer die Einbrecher sind«, sagte Hannes und er sagte es so, als sei es die selbstverständlichste Sache der Welt.

Maria und Olaf standen vor ihm und sahen auf ihn herunter, sie warteten darauf, dass er noch mehr erzählen würde, aber er schwieg.

»Red schon, lass dir doch nicht alle Würmer einzeln aus der Nase ziehen«, fauchte Olaf ihn an und stampfte mit dem Fuß auf.

Da berichtete Hannes genau, was Kurt ihm erzählt hatte, nicht mehr und nicht weniger. Aber auch Olaf und Maria waren nach der anfänglichen Spannung etwas enttäuscht, denn auch sie hatten Namen und Adressen erwartet.

»Vielleicht hat Kurt sich getäuscht«, sagte Maria. »Unsere Mutter sagt immer, Menschen, die dauernd krank sind, haben eine blühende Phantasie.«

»Eben«, pflichtete ihr Olaf bei, »die sehen manchmal Dinge, die gibt es gar nicht.«

»Und wenn es doch keine Phantasie ist«, antwortete Hannes, »wenn tatsächlich alles stimmt, was Kurt beobachtet hat, was dann?«

»Vielleicht stimmt es wirklich, kann ja sein, ein Fernglas

hat er auch, warum nicht... und warum hat er es dir erzählt?«, fragte Olaf.

Hannes zögerte lange, dann aber musste er doch gestehen: »Ich habe ihm versprechen müssen, dass er mit zu uns in die Hütte darf.

»Ach so. Ein ganz fauler Trick ist das... auf so was fällst du rein... nichts zu machen.« Olaf war böse.

»Nun halt doch mal die Luft an, blöder Kerl«, herrschte Maria ihren Bruder an, »es kann trotzdem stimmen, und wenn es stimmt, dann haben wir doch endlich eine Spur.«

»Spur?«, fragte Olaf.

»Manchmal merkt man, wie dämlich du bist«, sagte Maria, »natürlich, Spur... die Mopeds, der Bügel an dem Moped, die bunten Bänder an dem Bügel, die Sturzhelme, die Taschen an den Mopeds... das ist doch eine Spur.«

»Solche Mopeds gibt es tausende in der Stadt«, erwiderte Olaf, »such doch die Nadel im Heuhaufen.«

»Die drei Mopeds sind aber keine Stecknadel, du bist ja nur neidisch, weil du das nicht entdeckt hast.«

»Quatsch. Setz dich mal eine Stunde ans Fenster«, erwiderte Olaf, »dann siehst du erst mal, wie viele grüne und rote Mopeds es gibt und wie viele, die einen Bügel mit bunten Bändern hinter dem Sitz haben...«

»Als ob du schon mal eine Stunde lang am Fenster gesessen hättest. Hör doch auf«, rief Maria.

»Wir werden jedenfalls morgen den anderen alles erzählen und dann weitersehen«, sagte Olaf.

»Und Kurt muss dabei sein, ich hab es ihm versprochen«, fügte Hannes hinzu.

»*Du* hast es versprochen«, erwiderte Olaf, »aber noch lange nicht die Krokodiler.«

Hannes fuhr nach Hause, ohne noch ein Wort gesprochen zu haben. Und wieder erzählte er seinen Eltern nichts, obwohl sein Vater am Küchentisch saß, in der Zeitung las und berichtete, dass schon wieder in ein Radiogeschäft eingebrochen worden sei und wieder keine Spuren gefunden worden wären.

»Was ist mit dir«, fragte sein Vater, »sitzt da, als ob dir die Hühner das Brot weggenommen hätten. Ab ins Bett, morgen früh kommst du wieder nicht aus den Federn.«

»Du, Vater, wer kriegt eigentlich die Belohnung?«, fragte Hannes.

»Wer? Na ja, wer einen Hinweis gibt, der dann zur Aufdeckung führen kann«, antwortete sein Vater.

»Auch Kinder? Auch solche, die nicht erwachsen sind?«

»Denk ich doch... aber ich kenne mich da nicht so genau aus... warum fragst du... ist was?«

»Nein, ich hab nur so gefragt«, antwortete Hannes und ging ins Badezimmer.

Die Krokodiler hatten untereinander verabredet, sich am späten Montagnachmittag in ihrer Hütte zu treffen, um Hannes berichten zu lassen.

Aber als sie auf dem geschotterten Waldweg mit den Fahrrädern zu ihrer Hütte fuhren, erlebten sie eine böse Überraschung.

Maria, die vorausgefahren war, bremste so plötzlich, dass die anderen fast auf sie draufgefahren wären.

»Was ist denn? Du blöde Kuh, warum bremst du denn auf einmal so?«, rief Olaf.

Maria wies wortlos mit ausgestrecktem Arm in den Wald. Sie sagte: »Die Hütte.«

Wo die Hütte hätte stehen müssen, da war keine Hütte mehr. Die Krokodiler sahen zur Buche und allmählich begriffen sie. Peter flüsterte: »Die Hütte ist nicht mehr da.«

»Das gibt's doch nicht«, rief Frank, »die war doch gestern noch da, das gibt's doch nicht.«

Sie lehnten ihre Fahrräder an eine dicke Eiche und gingen langsam zu der Stelle, an der die Hütte eigentlich hätte sein müssen. Sie gingen so vorsichtig, als würden sie sich einem Ort nähern, wo es gefährlich war.

Dann standen sie an der Buche.

»Nichts«, sagte Olaf, »nichts, futsch, weg.«

»Das gibt's doch nicht«, konnte Peter nur sagen.

Nicht einmal das Moos war mehr da, mit dem sie mühevoll den Boden ihrer Hütte ausgelegt und das sie tagelang im Wald gesammelt hatten.»Das war nie im Leben einer allein«, sagte Maria, »das müssen mehrere gewesen sein. Der Förster war es bestimmt nicht... und die Invaliden? Nein, die waren es auch nicht, die tun so was nicht. Aber wer könnte es gewesen sein?«

Nichts, aber auch gar nichts war mehr heil, die Einrichtungsgegenstände ihrer Hütte lagen im Wald verstreut herum, der Tisch war zerschlagen, die Stühle und die alte Decke, die ihnen als Tür diente, hing an einem Ast oben in der Buche.

Sie konnten immer wieder nur auf den Platz starren,

auf dem ihre Hütte gestanden hatte, und Theo konnte sich nicht mehr beherrschen und heulte los: »Diese Schweine… diese Schweine…«

Die Krokodiler streiften durch den Wald, um Hinweise zu finden, wer es getan haben könnte. Nach einer Weile gaben sie die Suche auf, sie fanden nichts, was ihnen verraten hätte, wer ihre Hütte zerstört hatte.

Olaf sagte, als sie zu ihren Fahrrädern zurückkehrten: »Das waren die Italienerkinder, vielleicht wollten sie sich rächen, weil wir sie neulich weggejagt haben. Kann doch sein.«

»Du hast sie weggejagt und der Frank«, rief Maria.

»Woher willst du denn wissen, dass es die Italiener gewesen sind? Das können ebenso welche aus unserer Siedlung gewesen sein«, sagte Peter.

»So ein Mist«, sagte Hannes, »jetzt haben wir keinen Treffpunkt mehr… verprügeln sollte man die.«

Maria war die Erste, die über den Verlust der Hütte hinwegkam. Sie sagte, als sie ihre Räder durch den Wald zur Hauptstraße zurückschoben: »Was brauchen wir eine Hütte. Wenn es geregnet hat, konnten wir doch nicht drin sitzen, höchstens mit Regenschirm.«

»Maria hat Recht, was brauchen wir eine Hütte«, pflichtete ihr Peter bei, »es geht auch ohne Hütte.«

»Geht auch ohne«, äffte Theo, »Blödmann. Hast wohl Dreck unter deiner Mütze.«

»Und wo finden wir jetzt einen Versammlungsort?«, fragte Olaf, »schließlich müssen wir einen haben, sonst können wir unsere Bande auflösen.«

»Vielleicht an der Ecke von der Kneipe ›Zum Sterntaler‹, da ist doch ein schöner freier Platz«, sagte Rudolf.

»Ach da, da sind doch immer die Großen mit ihren Mopeds, die stänkern uns doch nur an... und dann, jeder kann uns sehen«, erwiderte Willi, der wieder einmal seine langen Haare kämmte.

Peter sagte plötzlich: »Bauen wir doch die Hütte wieder auf, das kann doch nicht schwer sein.«

»Aufbauen?«, rief Olaf. »Damit uns die Itaker am nächsten Tag alles wieder einreißen!«

»Woher willste denn wissen, dass es die Itaker waren«, rief Maria ungehalten, »du immer... alles plapperst du nach, was Vater dir vorbetet.«

»In der alten Ziegelei wäre doch der richtige Platz«, sagte Peter und alle sahen ihn nun überrascht an.

»Alte Ziegelei ist verboten«, antwortete Maria.

»Wenn du nach dem gehen willst, dann kannst du nirgendwo mehr hingehen, überall ist Betreten verboten.«

»Im Wald hier ist es auch verboten«, gab Theo zu bedenken.

»Ziegelei geht jedenfalls nicht«, Maria blieb hartnäckig, »jetzt, wo die Feuerwehr da war.«

»Ziegelei wäre gar nicht so schlecht«, sagte Olaf.

»Ziegelei geht nicht«, beharrte Maria, »ist was anderes, da ist ein großer Zaun rum und da stehen überall Tafeln, dass Betreten verboten ist... ihr habt doch gesehen, was mit Hannes los war.«

Die Krokodiler hatten es nicht gern, wenn sie an den Vorfall erinnert wurden. Olaf sagte: »Na gut, die Mutproben müssen wir dann eben einstellen... das mit Hannes ist ja noch einmal gut gegangen.«

»Abgehauen seid ihr damals alle«, rief Hannes und fast wären ihm die Tränen gekommen.

»Na ja, kann ja mal vorkommen«, sagte Theo, dabei sah er aber Hannes nicht an. »Komm, erzähl lieber mal, der Olaf hat gesagt, du hättest uns was Wichtiges zu sagen.«

Auf einer kleinen Lichtung, nicht weit von der Bundesstraße entfernt, setzten sie sich im Kreis und Hannes berichtete nun, was Kurt ihm erzählt hatte und Olaf und Maria schon wussten.

Die Krokodiler lauschten gespannt.

»Der Kurt Wolfermann hört die Flöhe husten«, sagte Peter, als Hannes mit seinem Bericht fertig war.

»Tausend Mopeds gibt's in der Stadt... wie soll man da das richtige finden«, rief Theo, der an seinen Fingernägeln kaute.

»Mein großer Bruder hat auch so ein Moped, hinten mit Bügel und bunten Bändern«, rief Frank, »oder glaubt ihr vielleicht, dass mein Bruder was damit zu tun hat?«

Alle schüttelten den Kopf.

»Na, seht ihr jetzt, wie schwierig es ist, die Richtigen zu finden!«, rief Olaf. Peter bohrte wieder selbstvergessen in der Nase. Maria stupste ihn an und Olaf sagte: »He! Peter! Wenn du oben bist, dann schreib uns doch eine Ansichtskarte.«

»Bohrmeister aller Klassen«, feixte Frank. Peter wurde rot und wiederholte seinen Vorschlag: »Lasst uns doch auf der alten Ziegelei eine Hütte bauen aus Ziegelsteinen. Die Trockenhalle wäre der richtige Platz.«

Als sie losfahren wollten, sagte Hannes: »Moment mal, ich habe dem Kurt versprochen, dass wir ihn zur Hütte mitnehmen.«

»Hütte ist kaputt«, sagte Olaf.

»Dann eben zur kaputten Hütte«, erwiderte Hannes. »Ich habe es ihm versprechen müssen. Versprochen ist versprochen.«

»Warum hast du es versprochen, hättest uns alle erst fragen sollen«, antwortete Olaf, »noch bestimme ich!«

»Olaf, nun halte aber mal die Luft an, du sagst doch immer, was man versprochen hat, das hat man versprochen, und jetzt hat Hannes etwas versprochen, und das muss er halten«, sagte Theo. Die anderen nickten.

»Ich habe es Kurt versprochen, damit basta«, rief Hannes. Er war auf Olaf wütend.

»Wenn wir die erwischen könnten, die Einbrecher«, schwärmte Frank, »das wäre schon was, dann könnten wir die Belohnung kassieren... was wir mit dem Geld alles machen könnten.«

Theo sagte: »Ich würde von zu Hause abhauen, damit ich meine kleine Schwester nicht immer herumschieben muss.«

»Ich würde auf große Fahrt gehen«, sagte Frank. »Aber passt mal auf, ich könnte ja mal meinen Bruder fragen, vielleicht weiß der was, ich meine, der weiß doch, wer solche Mopeds fährt mit Bügeln dran und Bändern.«

»Lass das sein«, sagte Olaf, »wenn wir das machen, dann wollen wir das allein machen. Ist das klar?«

»Ich würde auch auf große Fahrt gehen«, sagte Peter.

»Du? Mensch, du kommst doch nicht weit, dich erkennen gleich alle, weil du dauernd deine Finger in der Nase hast, hinter dir schicken sie einen Unfallwagen her, falls du dir mal den Finger abbrechen solltest«, sagte Theo.

Da wollte sich Peter auf Theo stürzen, aber Olaf ging dazwischen.

»Jedenfalls könnten wir uns alle neue Fahrräder kaufen und hätten noch was übrig«, sagte Maria.

»Tausendfünfhundert Mark, meine Güte, das ist mehr, als mein Vater im Monat verdient«, schwärmte Hannes.

»Hört jetzt endlich auf«, rief Frank, »das ist doch richtig blöd, wie sollen wir in so einer großen Stadt die drei Mopeds finden, die Kurt gesehen haben will. Ihr seht ja, mein eigener Bruder hat so eins.«

»Vielleicht gehört er zu den dreien«, sagte Maria und lachte.

Frank sah sie mit großen Augen an und fragte: »Wie meinst du denn das?«

»Komm, reg dich nicht auf«, antwortete Maria begütigend, »war ja nur ein Spaß.«

»Komischer Spaß«, sagte Frank und schielte Maria an.

»Kommt jetzt, lasst uns zur alten Ziegelei fahren«, rief Olaf, »lasst uns mal das Gelände auskundschaften, vielleicht können wir tatsächlich was machen.« Sie fuhren zur alten Ziegelei.

Und als sie dort angekommen waren, schoben sie ihre

Räder durch ein Loch im Drahtzaun, das sie vor einigen Wochen entdeckt hatten und durch das sie immer schlüpften, wenn einer seine Mutprobe ablegen musste.

In der Trockenhalle fanden sie genügend Ziegelsteine, um ein Haus von der Größe zu bauen, wie es ihre Hütte im Wald gewesen war. Es lagen eine Menge Backsteine herum, die noch nicht von Wind und Wetter zerfressen waren. Überall lag fingerdick roter Staub. Es war zu sehen, dass in dieser Ziegelei seit vielen Jahren nicht mehr gearbeitet wurde. Die Trockenhalle war ein langer, nach allen vier Seiten hin offener Bau und das Dach war noch so gut, dass es nicht durchregnete, die Holzregale, auf denen die Ziegel zum Trocknen gestapelt wurden, waren dagegen schon morsch geworden.

Das gesamte Gelände war durch einen zwei Meter hohen Zaun aus Maschendraht eingezäunt, an vielen Stellen war er vom Rost zerfressen und es gab genügend Löcher, durch die man auf der Erde hindurchkriechen konnte. Die beiden Flügel des Einfahrtstores waren mit einer Kette zusammengehalten, die mit einem großen Vorhängeschloss gesichert war.

Auf dieses Gelände verirrte sich kaum jemand, auch Sonntagsspaziergänger waren selten. Der Weg dorthin war auf den letzten hundert Metern nicht geteert, da lag nur Schotter und Kies, und wenn es geregnet hatte, dauerte es Tage, bis die letzte Pfütze wieder trocken wurde. Spaziergänger laufen nicht gerne durch Matsch. Olaf und Frank fanden einen schönen Platz in einer Ecke der Trockenhalle, der sich für den Bau einer Hütte gut eignete, die anderen waren unterdessen herumgelaufen und hatten das Gelände ausgekundschaftet.

In zwei Gebäuden, an denen die Türen fehlten und die Scheiben eingeschlagen waren, hatten sie sich nicht hineingetraut, weil sie einen finsteren und bedrohlichen Eindruck auf sie machten. Am Eingang zum alten Bürogebäude fanden sie noch eine Tafel, auf der zu lesen war, dass die Firma Schröder hier einmal eine Ziegelbrennerei betrieben hatte.

Maria hatte nur einmal kurz ins Treppenhaus gesehen, war aber sofort wieder zurückgekommen, weil ihr die Dunkelheit nicht geheuer war. Der Wind heulte durch das Haus und die offenen Türen und Fenster. Mittlerweile begannen die Krokodiler Ziegel zu sammeln. Olaf und Frank schichteten die Steine zu einer Wand auf. Das war gar nicht so einfach, auch wenn sie Maurern schon zugesehen hatten. Als ihre Mauer einen Meter hoch war, fiel sie wieder zusammen, denn sie besaßen weder Wasserwaage noch Mörtel.

»Macht doch die Mauer doppelt so dick«, sagte Peter, »dann fällt sie auch nicht wieder ein.«

Sie begannen wieder von vorne. Ihre Gesichter und auch ihre Kleider waren mit rotem Ziegelstaub überzogen. Aber immerhin war ihre Mauer nach einer Stunde schon einen Meter hoch und drei Meter lang und auch die Anschlussecke für die nächste Mauer war fertig.

Sie sahen wie echte Maurer aus, staubig und dreckig. Sie waren durstig geworden. Sie hatten sich nichts zu Trinken mitgenommen.

Olaf sagte: »Kommt, hören wir für heute auf. Wenn die Ferien anfangen, dann haben wir den ganzen Tag Zeit. Ab jetzt.«

Sie klopften sich den Staub von den Kleidern und halfen sich gegenseitig den Dreck aus den Gesichtern zu wischen.

»So kann ich nicht nach Hause kommen«, sagte Hannes, »was glaubt ihr, was das für ein Theater gibt.«

»Dann wasch dich am Süggelbach richtig ab«, rief ihm Maria zu.

Sie wuschen sich dann aber alle am Süggelbach.

Der Bach war ein schmales Rinnsal, das durch die Kleine Schweiz floss. Es war erstaunlich, dass nach so vielen heißen Wochen überhaupt noch Wasser darin war.

Ihre Eltern durften keinesfalls erfahren, dass sie auf dem Ziegeleigelände gewesen waren. Hatten sie es ihnen früher schon verboten, so passten sie jetzt erst recht auf, seitdem Hannes von der Feuerwehr vom Dach geholt werden musste.

Als sie wieder in ihre Siedlung einfuhren, sagte Olaf zu Hannes: »Kannst den Kurt morgen mitbringen. Wir werden mit dem Rollstuhl schon irgendwie zurechtkommen. Versprochen ist nun mal versprochen.«

»Und die anderen?«, fragte Hannes.

»Nicht fragen. Kurt einfach mitbringen. Den Krokodiler möchte ich sehen, der Kurt sagt, dass er wieder abhauen soll«, erwiderte Olaf.

»Fahr doch mit bei Kurt vorbei«, bat Hannes Maria, die zugehört hatte.

Maria fuhr nach anfänglichem Zögern mit, und als sie Kurts Eltern ihren Wunsch vorgebracht hatten, erklärte Kurts Mutter den beiden den Mechanismus des Rollstuhls, wenn sie auch nicht begeistert war von dem Gedanken, dass sie ihren Kurt fremden Kindern anvertrauen sollte. Sie sah aber doch ein, dass Kurt nicht immer nur mit Erwachsenen zusammen sein durfte. Manchmal konnte sie schon nicht mehr seine bettelnden Augen ertragen. Sie tröstete sich damit, dass Maria und der kleine Hannes doch vorsichtige Kinder waren, dass man ihnen vertrauen durfte. Kurt sagte kein Wort. Er saß in seinem Spezialstuhl und nickte unmerklich vor sich hin.

Am Montagnachmittag um vier Uhr waren alle Krokodiler vor Kurts Haus versammelt, denn Olaf hatte noch am selben Abend die anderen davon überzeugt, dass sie Kurt nicht ausschließen dürften.

Sie warteten auf den Schulbus, der Kurt zu Hause ablieferte, und als dann der Ford Transit in die Silberstraße einbog und vor dem Haus hielt, sahen alle interessiert zu, wie Kurt mit seinem Rollstuhl auf der Rampe aus dem Wagen auf die Straße heruntergelassen wurde. Rudolf und Otto umkreisten auf ihren französischen Fahrrädern den Kleinbus, lagen mit dem Bauch auf dem Sattel wie Akrobaten. Die Pedale traten sie mit den Händen.

Maria und Hannes ließen ihre Fahrräder hinter Wolfermanns Haus stehen, weil sie den Rollstuhl schieben mussten, die Räder wären ihnen hinderlich gewesen.

Nach den ersten Schwierigkeiten ging es ganz gut. Kurt

zeigte ihnen immer wieder, wie sie es machen und wann sie was machen mussten. Mit der Zeit machte es ihnen sogar Spaß, den Rollstuhl zu schieben.

Das war schon ein komischer Anblick, wie sie da durch die Siedlung zogen, Kurt in seinem Rollstuhl, Maria und Hannes schoben und alle drei wurden ständig von den anderen Krokodilern auf ihren Fahrrädern umkreist. Kurt bremste selbst seinen Rollstuhl ab, wenn es nötig war, und half mit an seinen Rädern zu schieben, wenn es schwer ging. Nur mit den Bordsteinkanten hatten sie Mühe. Auf den Bürgersteig hinauf zuerst die kleinen Räder, indem man den Stuhl etwas nach hinten kippte, vom Bürgersteig herunter zuerst die großen Räder, Kurt saß dabei mit dem Rücken zur Straße, dann wurden die kleinen Räder einfach nachgezogen. Wenn man den Kniff herausgefunden hatte, war es gar nicht mehr so schwierig. Sie probten das zunächst an einer ruhigen Stelle, bevor sie sich zur stark befahrenen Bundesstraße wagten, und als ihnen Kurt dann bestätigte, sie würden das schon so geschickt machen wie seine Mutter und sein Vater, überquerten sie die Bundesstraße.

Im Wald aber, auf dem holprigen Weg, wurde es doch so schwer, dass noch zwei Krokodiler mithelfen mussten. Auch Olaf musste mitschieben.

Er tat es ungern, ließ sich aber nichts anmerken.

Als sie dann an der Buche angekommen waren, sagte Hannes: »Guck, da stand unsere Hütte.«

»Futsch«, sagte Theo, »total futsch.«

»Schade«, sagte Kurt.

»Aber wir haben schon angefangen uns eine neue Hütte zu bauen, auf dem alten Ziegeleigelände«, sagte Frank, »die kann man dann nicht mehr so einfach einreißen, die ist aus Steinen gebaut.«

»Ziegelei ist zu weit für mich«, antwortete Kurt.

»Zu weit?«, fragte Frank. »Dich auf die Ziegelei zu schieben, ist doch viel leichter als hierher in den Wald.«

»Na, dann fahren wir doch mal zur Ziegelei«, sagte Kurt. Er hatte es eigentlich nur gesagt, um zu sehen, wie die Krokodiler darauf reagierten.

Aber sie schwiegen betreten, nicht einmal Hannes und Maria, die sich so für Kurt eingesetzt hatten, war es in den Sinn gekommen, Kurt zur Ziegelei mitzunehmen.

»Zur Ziegelei?«, fragte Olaf gedehnt. »Mit dir? Im Rollstuhl? Nein, das geht nicht.«

Kurt drehte sich langsam um und sah allen ins Gesicht, aber die Krokodiler mochten Kurt nicht ansehen, sie sahen irgendwohin. Nur Hannes zuckte mit den Schultern.

»Wieso geht das nicht?«, fragte Kurt. »Ist es euch zu schwer? Ich dachte immer, ihr klettert auf die höchsten Bäume und auf die steilsten Dächer, hab ich immer gedacht.«

»Es ist uns nicht zu schwer«, sagte Olaf, »es ist ganz einfach zu weit für dich, das ist es, und dann, es geht immerhin ganz schön bergauf die letzten hundert Meter und dann ist der Weg da auch nicht mehr geteert. Deine Mutter erlaubt es bestimmt nicht.«

»Die braucht es doch gar nicht zu wissen«, antwortete Kurt.

Maria versuchte zu vermitteln, sie sagte: »Lasst es uns doch mal probieren, wir wechsen beim Schieben ab.«

Kurt sah Maria dankbar an.

Die Krokodiler fanden immer noch Ausreden, Kurt von seinem Wunsch abzubringen, dann aber waren auch Frank und Peter dafür, dass man es einfach mal versuchen sollte, schließlich gab auch Olaf seinen Widerstand auf. Sie zogen los.

Sie mussten die stark befahrene Bundesstraße erneut überqueren, an einer Stelle, an der es keine Fußgängerampel gab. Sie standen ratlos an der Bordsteinkante und sahen den Autos entgegen, ob vielleicht eines von selbst anhalten würde, aber sie rasten nur vorbei. Die Krokodiler trauten sich nicht, mit Kurt die Fahrbahn zu überqueren.

Da lief plötzlich Theo auf die Fahrbahn, stellte sich in der Mitte auf den weißen Streifen und breitete die Arme aus. Den Krokodilern blieb die Sprache weg.

Die Autos hielten an, bis die Krokodiler mit Kurt die Straße überquert hatten.

»Na, wie habe ich das gemacht?«, rief Theo triumphierend, als erwarte er von jedem ein Sonderlob.

»Schlecht«, antwortete Kurt, »tot könntest du jetzt sein. Du kennst doch diese verrückten Autofahrer. Das war verrückt.«

»Ich bin aber nicht tot«, erwiderte Theo und schob stolz sein Fahrrad neben Kurt her, dessen Rollstuhl immer noch von Maria und Frank geschoben wurde.

Die letzten hundert Meter vor der Ziegelei wurde es dann tatsächlich schwierig, mehrmals drohte der Rollstuhl umzukippen, weil die kleinen Vorderräder an große Steine stießen und den Rollstuhl stoppten.

Und als sie die steinigen Hindernisse endlich hinter sich hatten, standen sie unvermutet vor einem neuen, nämlich dem zwei Meter hohen Maschendraht.

Wohl gab es im Zaun genug Löcher, aber sie waren nicht so groß, dass ein Rollstuhl durchpasste. Maria meinte zwar, wenn man den Rollstuhl zusammenklappte, wäre es möglich, aber keiner traute sich zu, Kurt aus dem Rollstuhl zu heben, und allein durch das Loch hindurchzurobben, wie er es in der Wohnung machte, das traute sich Kurt wiederum nicht zu.

»Und was jetzt?«, fragte Frank. »Wir können Kurt doch nicht allein hier draußen stehen lassen. So ein Mist.«

»Also habe ich doch mal wieder Recht behalten«, sagte Olaf und er sah alle an wie ein Sieger.

»Wenn sich einer von euch traut, auf den Drahtzaun zu klettern, dann kann er den Maschendraht oben losmachen vom dicken Draht, dann fallen die Maschen einfach von allein runter«, sagte Kurt.

»So eine Schnapsidee«, rief Olaf, »schiebt den Kurt wieder nach Hause.«

»Sollen wir vielleicht den Draht da oben durchbeißen?«, fragte Peter.

Am Rollstuhl war an der linken Seite eine Ledertasche angebracht, aus der holte Kurt eine Drahtzange und eine kleine Beißzange hervor. In der Taschen waren auch noch Schlüssel und Schraubenzieher und anderes Werkzeug, das gehörte zur Ausstattung des Rollstuhls, falls einmal unterwegs eine kleine Reparatur vorgenommen werden musste.

»Hier, da habt ihr«, sagte Kurt und reichte Hannes die Zangen. »Jetzt muss nur noch einer hochklettern.«

Weil Otto der Leichteste war, kletterte der auf Olafs Schultern. Frank und Rudolf hielten Ottos Beine fest.

Weil der Draht teilweise sehr verrostet war, hatte Otto wenig Mühe, die Maschen an der Befestigung zu zerzwicken, es dauerte zwar ein paar Minuten, dann aber hatte Otto den Draht doch so weit abgeschnitten, dass ein Teil des Maschendrahtes niederfiel und sich ein großes Loch in der Umzäunung auftat.

»Bist du aber schwer«, sagte Olaf, als Otto wieder auf der Erde stand. Olaf keuchte und schwitzte.

»Schlappschwanz«, sagte Otto zu Olaf, »und du willst ein King sein?«

Dann schoben sie Kurt vorsichtig durch die Öffnung auf den Hof und in die Trockenhalle, in der sie ihre neue Hütte bauten.

Kaum waren sie dort angekommen, zogen sie ihre Hemden aus und fingen an zu arbeiten, sie wollten die zweite Mauer an diesem Nachmittag noch hochziehen. Kurt saß in seinem Stuhl und sah nur zu, er kam sich überflüssig vor.

Schließlich sagte er: »Ich fahr mal allein auf dem Hof herum, ihr braucht euch nicht um mich zu kümmern, ich kann das schon allein.«

Aber er fuhr doch nicht weg, er blieb auf seinem Platz und sah die Krokodiler verlegen an.

»Was ist denn?«, fragte Maria.

Kurt druckste herum, sagte dann schließlich: »Ja, wie soll ich das sagen… ich muss nämlich mal… tut mir Leid.«

Jetzt aber waren die Krokodiler verlegen, einer sah den andern an, sie wussten nicht, was sie sagen, und erst recht nicht, was sie tun sollten.

»Ich hab's doch gewusst«, rief Olaf, »jetzt haben wir die Bescherung. Piss dir meinetwegen in die Hose.«

»Du bist bescheuert«, rief Maria.

»Es geht schon«, sagte Kurt, »wenn mich jetzt zwei hochheben. Dann kann ich allein stehen, wenn mich zwei festhalten.«

Frank und Olaf hoben nach anfänglichem Zögern Kurt aus seinem Stuhl hoch. Die Bremsen waren festgemacht.

»Und jetzt?«, fragte Olaf ärgerlich.

»Jetzt muss mir einer den Hosenschlitz aufmachen und meinen Pimmel herausholen«, sagte Kurt und es war ihm anzusehen, wie peinlich ihm das war.

»Pissen kannst du dann allein, was!«, rief Olaf und die anderen lachten.

Die Krokodiler waren ratlos, wieder sah einer den anderen an. Da ging Maria plötzlich kurz entschlossen auf Kurt zu, öffnete seinen Hosenschlitz, holte seinen Pimmel heraus und Kurt konnte Wasser lassen. Als er fertig war, richtete Maria Kurts Kleidung wieder und Olaf und Frank ließen Kurt in den Stuhl zurückfallen.

Maria sah sich um und sagte resolut: »So, ihr Hasenfüße, habt ihr gesehen jetzt, so wird es gemacht…«

Die Krokodiler erwiderten nichts, nicht einmal Olaf wagte, eine große Lippe zu riskieren.

Sie machten sich wieder an die Arbeit. Sie schufteten, als müssten sie das Haus noch heute fertig stellen.

Kurt sah noch eine Weile zu, dann rollte er sich langsam aus der Trockenhalle. Maria rief ihm nach: »Fahr nicht zu weit weg! Pass auf, auf dem ganzen Hof liegen Steine herum.«

Kurt rollte, mit beiden Händen an den großen Rädern schiebend, langsam über den Hof. Er hatte wohl von seinem Fenster aus eine gute Sicht auf das Gelände, aber er hatte es noch nie ganz übersehen können, immer nur einen kleinen Ausschnitt durch das Fernglas. Er umfuhr vorsichtig die Ziegelsteine und die kaputten Dachpfannen, die überall herumlagen.

Inzwischen arbeiteten die Krokodiler in Badehosen, so heiß war es geworden. Sie wollten auch ihre Kleider schützen, um zu Hause nicht wieder lästigen Fragen ausgesetzt zu sein.

Kurt war bis in die Mitte des Hofes gerollt und sah sich um. Am Haupttor, das mit einer dicken Kette versperrt war, stand das verlassene Bürogebäude. Alles machte einen trostlosen Eindruck, ein Gelände, auf dem, wie man so sagt, sich die Füchse gute Nacht sagen. Kurt rollte sich langsam und vorsichtig auf das alte Bürogebäude zu, er war neugierig, was es da noch zu sehen oder vielleicht zu entdecken gab.

Etwa fünfzig Meter entfernt stand ein hoher Kamin, aus dessen Mauerwerk Ziegel herausgebrochen waren.

Der Kamin sah aus, als wollte er jeden Moment einstürzen.

Kurt wollte in das Gebäude, aber es gelang ihm trotz aller Anstrengung nicht, die Schwelle zu überfahren. Es war keine Tür mehr vorhanden, nur ein dunkles, viereckiges Loch. Endlich, nach mehreren Anläufen, schaffte es Kurt schließlich doch, über die Schwelle zu fahren. Im Flur war es duster, seine Augen waren noch so von der Sonne geblendet, dass er nur Umrisse wahrnahm. Er dachte, dass es vielleicht gut sein würde, einmal weiter in das Gebäude hineinzufahren.

Was er jedoch nicht sehen konnte, war, dass der Flur zur Treppe hin abfiel, und ehe er es bemerkte, setzte sich sein Rollstuhl schon von allein in Bewegung und er war so entsetzt darüber, dass er vergaß, die Bremsgriffe zu ziehen. Er schoss an eine etwa drei Meter entfernte Wand, so heftig, dass er beinahe aus seinem Stuhl herausgeschleudert worden wäre.

Benommen blieb er sitzen, und als er sich von seinem Schrecken erholt hatte, versuchte er seinen Rollstuhl zu wenden, um allein wieder ins Freie zu gelangen. Aber das Gefälle war doch zu stark, sodass er ohne fremde Hilfe nicht aus dem Haus herauskommen würde. Er blieb erschöpft sitzen und überlegte. Dann schrie er: »Hilfe! Kommt hierher! Ich bin's! Kurt! Hilfe! Hierher!«

Kurt bekam Angst, als auf seine wiederholten Hilfeschreie keine Antwort folgte.

Die Krokodiler, die damit beschäftigt waren, Steine zu sammeln und zu schichten, bemerkten Kurts Abwesenheit erst zwanzig Minuten später. Maria hatte zwar noch einmal nach ihm gesehen, da war Kurt jedoch mitten auf dem Hof und sie hatte sich weiter keine Sorgen gemacht.

Maria war es denn auch, die Kurts Verschwinden zuerst bemerkte. Sie hatte wieder nach ihm Ausschau gehalten und war aus der Halle gelaufen und hatte ihn nicht gesehen. Sie rief seinen Namen, dann lief sie in die Halle zurück und erzählte den anderen von Kurts Verschwinden.

»Lass doch«, erwiderte Frank, »um den brauchen wir uns nicht zu kümmern, der ist viel selbständiger, als wir denken, der kann sich ganz gut allein helfen.«

Maria aber, die sich für Kurts Sicherheit verpflichtet fühlte, blieb unruhig.

Sie ging wieder ins Freie und da war ihr, als rufe jemand um Hilfe. Sie hörte genau hin, sie formte ihr Hände wie eine Schale um ihre Ohren, und da hörte sie tatsächlich Hilfeschreie. Ganz deutlich jetzt, und sie hörte auch, woher sie kamen. Sie alarmierte die Krokodiler.

Die ließen alle ihre Arbeit liegen und rannten über den Hof auf das alte Bürogebäude zu, auf das Maria gezeigt hatte.

Olaf erreichte das Gebäude als Erster. Auch er war einen Moment blind, als er in den Flur trat, aber Kurt, dessen Augen sich längst an die Dunkelheit gewöhnt hatten, rief: »Gott sei Dank, dass du da bist, ich kann mich nicht mehr allein fortbewegen.«

Olaf erwiderte nur: »Das kommt davon, wenn man

seine Nase in fremde Dinge stecken will... was willst du denn überhaupt hier drinnen?«

Auch die übrigen Krokodiler kamen angekeucht und starrten in den Flur.

»Mensch, Kurt, du machst vielleicht Zicken«, rief Peter, »was willst du denn hier drinnen?«

»Tut mir Leid, dass sich euch einen Schreck eingejagt habe, aber ich konnte doch nicht wissen, dass der Flur hier abschüssig ist«, sagte Kurt kleinlaut.

»Sachen machst du«, rief Olaf, »das fängt schon ganz schön an mit dir. Noch einmal und du bleibst zu Hause.«

»Ist ja schon gut«, sagte Kurt, »reg dich wieder ab, schaut lieber mal runter in den Keller, was hinter der Eisentür ist.«

Die Krokodiler, die sich nun auch an die Dunkelheit gewöhnt hatten, sahen in die Richtung, die ihnen Kurt gezeigt hatte.

»Tatsächlich«, rief Frank, »da ist eine Eisentür.«

»Kommt mit«, sagte Olaf, »wir gucken mal nach, was da unten ist.«

»Was denn, höchstens Mäuse und Spinnen«, sagte Maria, »und vielleicht Ratten.«

»Ei, ei, Schwesterchen hat Schiss«, rief Olaf. »Kannst ja hierbleiben und auf Kurt aufpassen.«

»Bleib ich auch«, antwortete Maria trotzig.

»Aber ich kann euch jetzt schon sagen, was da unten ist«, sagte Kurt geheimnisvoll.

Sie sahen ihn an, als habe er wer weiß was gesagt.

»Ja, warst du denn unten?«, fragte Olaf verblüfft.

»Wie sollte ich denn... aber ich weiß, was unten ist... geht mal runter, ihr werdet eine Überraschung erleben.«

»Bist du Hellseher?«, fragte Hannes.

»Bin ich zwar nicht, aber ich glaube, ich vermute richtig«, erwiderte Kurt.

Die Krokodiler stiegen langsam die Treppe hinunter, Olaf voran, dann Frank, dann Peter, Theo, dann Otto, Rudolf und Willi, Hannes blieb bei Maria und Kurt im Flur.

Die Eisentür ließ sich nicht einfach öffnen, sie klemmte. Drei Jungen stemmten sich mit den Beinen an die Mauer, und nach und nach, zentimeterweise, öffnete sich quietschend und knirschend die Tür.

Endlich war der Spalt so breit, dass sie durch die Öffnung hindurchgehen konnten.

Vor Überraschung blieben sie an der Tür stehen. Sie waren so aufgeregt, dass einer den andern am Arm fasste, als müssten sie sich gegenseitig Mut zusprechen.

Olaf brach das Schweigen: »Das ist ja wohl ein Ding... ein Ding ist das.«

»Das ist kein Ding«, flüsterte Frank, »das ist ein komplettes Warenlager.«

Durch die Kellerfenster drang genügend Licht in den Kellerraum, sodass sie nun alles genau sehen konnten.

Hunderte von Weinflaschen waren da gestapelt, Kartons mit Bier, Schnapsflaschen, Kofferradios, Fernsehapparate, unzählige Zigarettenpackungen, Konservendosen, Früchte in Gläsern, und auch zwei funkelnagelneue Fahrräder lehnten an der Wand.

»Menschenskinder«, sagte Olaf leise, »das ist ja wohl ein dicker Hund.«

»Na, hab ich Recht gehabt?«, rief Kurt verschwörerisch von oben.

»Kommt, lasst uns abhauen«, flüsterte Olaf wieder, als fürchtete er noch weit entfernt gehört zu werden. »Wenn jetzt jemand kommt, kriegen wir die Jacke voll oder kommen in Schwierigkeiten.«

Sie schlichen nacheinander aus dem Keller und zogen die Tür hinter sich zu, so weit, wie es ihre Kräfte erlaubten.

Sie sprachen kein lautes Wort, Maria und Olaf schoben Kurt ins Freie, und erst als sie in ihrem halb fertigen Haus in der Trockenhalle angekommen waren, stieß Olaf Kurt an und fragte ihn: »Hast du ein Warenlager vermutet?«

»Natürlich habe ich das vermutet. Und jetzt denkt mal schön darüber nach, wer das Warenlager angelegt haben könnte. Ich sag euch auch, was ihr gefunden habt, nämlich Kofferradios, Fernsehapparate, Fahrräder, Zigaretten...«

»Hör auf!«, rief Maria. »Bist du vielleicht doch Hellseher?«

Frank schlug sich plötzlich vor die Stirn und rief: »Natürlich! Wer denn sonst. Die Einbrecher. Die Mopedfahrer. Wenn das stimmt, was Kurt beobachtet hat, dann haben die das Lager eingerichtet.«

»Natürlich, wer denn sonst«, rief Kurt.

»Welche Einbrecher?«, fragte Peter und sah verwirrt von einem zum anderen. Er bohrte selbstvergessen in der Nase.

»Mensch, lass dir deine Frage einrahmen und häng sie dir an die Wand«, feixte Maria.

»Hör auf«, erwiderte Peter, »du hast die Weisheit ja auch nicht mit dem Löffel gefressen.«

»Es sind die Mopedfahrer«, sagte Kurt, »glaubt mir, und in dem Keller verstecken sie das geklaute Zeug, weil es da sicher ist, da kommt doch keiner hin.«

»Ich glaube, der Kurt hat Recht«, sagte Olaf.

»Natürlich habe ich Recht, ich kann doch von meinem Zimmer aus mit dem Fernglas auf das Gelände gucken... hab zwar die Mopedfahrer noch nicht erkennen können... natürlich habe ich Recht.«

»Klar, wer etwas zu verbergen hat, der bringt es in dem Keller unter«, sagte Frank. »Wir kennen das Gelände schon so lange und haben doch nichts bemerkt. Wenn heute nicht zufällig der Kurt in den Flur gerutscht wäre, hätten wir immer noch keine Ahnung.«

»Gar nicht so dumm von den Einbrechern«, sagte Olaf, »hier verstecken sie das Zeug, bis sie es verkaufen können oder bis sie es selber verwenden können.«

»Brauchen können?«, rief Peter. »Als ob jemand zwanzig Kofferradios selber brauchen könnte.«

»Ist ja alles schön und gut, was wir jetzt wissen«, warf Theo ein, »aber was jetzt? Was sollen wir jetzt machen?«

Theo brachte die Krokodiler in Verlegenheit, denn keiner wusste darauf eine Antwort. Alle sahen Kurt an, als müsste er eine Lösung finden. Kurt war immer für Überraschungen gut. Maria hatte ihnen einmal gesagt: Weil er nicht laufen kann, denkt er mehr als wir.

Aber auch Kurt zuckte nur die Schultern, auch er wusste keinen Rat. Er sagte: »Am besten, wir hauen von hier erst mal ab. Vielleicht kommen die auch tagsüber in ihr Lager. Und wenn die uns hier erwischen, ist der Ofen aus. Schließlich können wir nichts beweisen.«

Maria und Hannes schoben Kurt zum Zaun, es war wieder mühsam und umständlich ihn auf den Weg zu schieben, wenn sie auch schon Übung hatten.

Auf dem Weg vor dem Zaun, einige waren schon auf ihre Räder gestiegen, rief Kurt plötzlich: »Ich habe eine Idee.«

Als hätten alle Krokodiler auf dieses erlösende Wort gewartet, hielten sie an.

Sie bildeten einen Kreis um Kurt und sahen ihn erwartungsvoll an. »Was denn für eine Idee?«, fragte Olaf gespannt.

»Ich meine«, sagte Kurt, »jetzt brauchen wir nicht mehr nach den Mopeds zu suchen, jetzt brauchen wir uns nur noch auf die Lauer zu legen und zu warten, bis sie kommen und das Zeug abholen oder was dazulegen, wenn sie wieder irgendwo eingebrochen sind… ist doch klar, oder was meint ihr?«

»Nichts ist klar«, erwiderte Olaf, »da können wir wahrscheinlich ein ganzes Jahr liegen und warten, bis sich einer sehen lässt.«

»Und wenn es doch nicht stimmt, dass das Lager im Keller den Einbrechern gehört, was dann?«, fragte Otto.

»Mensch, bist du schlau«, rief Frank, »glaubst du vielleicht, ein Kaufhaus hat da sein Lager eingerichtet? Da lachen doch die Hühner.«

»Das Lager gehört den Einbrechern, klar, darüber brauchen wir doch nicht mehr zu diskutieren«, sagte Kurt, »ihr habt doch genau das gefunden, was immer in den Zeitungen stand, lauter solche Sachen, Radios, Fernseher, Zigaretten…«

»Hör auf!«, rief Olaf. »Das mit dem Lager ist klar. Aber so leicht, wie Kurt sich das vorstellt, nämlich einfach auf die Lauer legen und warten, bis sie kommen, ist das auch wieder nicht. Oder glaubst du, die kommen am helllichten Tag… die kommen nur nachts, ganz klar. Tagsüber ist es denen zu gefährlich.«

Alle Krokodiler nickten Zustimmung.

»Du hast natürlich Recht, Olaf«, erwiderte Kurt, »wenn es die mit den Mopeds sind, dann kommen sie nur nachts, und da darf von uns leider keiner mehr auf die Straße…«

»Wer kann sich schon die ganze Nacht auf die Lauer legen«, sagte Frank. Die anderen nickten wieder Zustimmung.

»So ein Mist!«, rief Kurt. »Jetzt haben wir was entdeckt und können nichts damit anfangen. Wir können nichts beweisen, nichts.«

»Tausendfünfhundert Mark«, sagte Peter leise und seine Augen leuchteten.

»He, Peter, träum nicht, hier spielt die Musik«, sagte Olaf und stupste ihn an.

Langsam liefen die Krokodiler den Weg zur Siedlung zurück. Sie wechselten sich beim Schieben des Rollstuhls ab. Ihre Fahrräder führten sie an der Hand und liefen vor und hinter dem Rollstuhl her.

Kurts Mutter kam aufgeregt gelaufen, als Maria und Hannes an der Haustüre läuteten. Sie war so in Sorge gewesen, dass sie schon in der Nachbarschaft herumgefragt hatte, ob jemand ihren Kurt und die anderen Jungen gesehen hätte. Zuerst wollte sie den beiden Vorwürfe machen, aber als sie bemerkte, wie zufrieden Kurt aussah, unterließ sie es.

»Wenn ihr das nächste Mal so lange wegbleibt, dann sagt doch wenigstens Bescheid, wo ihr euch rumtreibt«, sagte Kurts Mutter.

»Sie brauchen sich nicht zu beunruhigen, Frau Wolfermann, wir kommen mit dem Rollstuhl schon ganz gut zurecht. Wenn Sie nichts dagegen haben, dann nehmen wir Kurt jetzt öfter mit«, sagte Maria.

»Ich habe nichts dagegen, aber ich muss wissen, wo ihr euch rumtreibt«, erwiderte sie. Dann ging Maria nach Hause, Hannes aber noch mit in die Wohnung. Er sah wieder zu, wie Frau Wolfermann Kurt auf die Schulter nahm und Huckepack in die Wohnung trug.

In der Wohnung schleppte sich Kurt allein in sein Zimmer und Hannes staunte abermals, wie schnell er das konnte. Kurt zog sich in seinen Spezialstuhl, der am Fenster stand, nahm das Fernglas vom Regal und setzte es an die Augen.

»Da kannst du auch nicht die ganze Nacht sitzen«, sagte Hannes.

»Könnte ich schon«, erwiderte Kurt, »aber ich habe kein Nachtglas.«

»Hat doch keinen Sinn, das Beobachten«, sagte Hannes.

»Vielleicht doch«, antwortete Kurt, »manchmal hat man Glück. Guck doch, damals hab ich auch Glück gehabt, als ich die Einbrecher am COOP gesehen habe.«

»Wenn du die ganze Nacht hier sitzt, dann hast du am anderen Morgen nicht ausgeschlafen«, sagte Hannes.

»Sind doch bald Ferien. Und weißt du was, Hannes, man braucht doch gar nicht die ganze Nacht hier zu sitzen. Wenn die auf dem Ziegeleigelände auftauchen, dann bestimmt nicht nach Mitternacht.«

»Woher willste denn das wissen?«, fragte Hannes.

»Wissen? Denk ich mir halt so«, antwortete Kurt.

»Na, dann viel Glück, ich muss jedenfalls nach Hause.«

Aber Hannes blieb doch noch eine halbe Stunde und sah manchmal durch das Fernglas. Er konnte Einzelheiten auf dem Ziegeleigelände erkennen, aber der Feldstecher war zu schwach, um auf diese Entfernung noch Gesichter erkennen zu können.

Bis zum Ferienbeginn am 18. Juli trauten sich die Krokodiler kaum noch auf das Ziegeleigelände. Sie fürchteten, die Einbrecher könnten sie entdecken und sie würden dadurch alles verderben. Sie waren nur noch zweimal in der Trockenhalle gewesen, um ihr Haus fertig zu stellen. Kurt hatten sie nicht mitgenommen. Wohl waren sie öfter mit ihren Rädern um das Ziegeleigelände gefahren, um auszukundschaften, ob sich etwas verändert hatte, aber ihnen war nichts Verdächtiges aufgefallen. In den Keller hatten sie sich nicht mehr gewagt, sie konnten deshalb nicht wissen, ob etwas fehlte oder etwas hinzugekommen war.

Auch Kurt, den sie mehrmals fragten, was sie unternehmen sollten, wusste auf ihre Fragen keine Antwort, er verschwieg ihnen aber, dass er seine freie Zeit ausschließlich damit verbrachte, das Ziegeleigelände durch das Fernglas zu beobachten. Aber auch ihm war bis heute nichts Verdächtiges aufgefallen.

Als Hannes wieder einmal bei Kurt zum Spielen erschien, draußen regnete es und sie konnten nicht ins Freie, da sagte er zu Kurt: »Weißt du, dem Frank sein Bruder, der kann doch nachts raus, der ist alt genug, achtzehn ist er, glaub ich, den sollten wir einweihen, der könnte sich mit seinen Freunden auf die Lauer legen.«

»Nein, bloß nichts dem Bruder von Frank erzählen, bloß nicht dem«, rief Kurt und er sah aus, als sei er darüber selber erschrocken.

»Warum denn nicht?«, fragte Hannes überrascht.

»Weil … ich weiß auch nicht, warum … ich meine, wir sollten die Großen nicht mit hineinziehen«, antwortete Kurt und sah an Hannes vorbei.

»Du bist aber komisch«, sagte Hannes.

»Versprich mir, dass du Franks Bruder nichts von den Einbrechern erzählst«, sagte Kurt erregt. »Versprich es!«

Hannes zuckte mit den Schultern und erwiderte: »Wenn du unbedingt willst, meinetwegen. Komisch ist es trotzdem.«

»Wenn ich laufen könnte«, sagte Kurt plötzlich, »dann wüsste ich schon, was ich täte.«

»Was denn?«

»Sag ich dir später mal.«

»Sag mir's doch«, bettelte Hannes, »vielleicht kann ich es für dich machen. Ich kann doch laufen.«

»Ach, lass nur, war nur so eine Idee von mir. Ich würde jemandem nachspionieren«, sagte Kurt und nahm Hannes das Fernglas aus der Hand.

»Wem nachspionieren?«, fragte Hannes.

Da kam Frank, der trotz der Hitze lange Hosen trug, und sagte ohne Zögern: »Wisst ihr was? Wir sollten das der Polizei melden.«

»Hast du mit Olaf schon mal darüber gesprochen? Wir haben doch ausgemacht, dass wir es erst dann melden, wenn wir genau wissen, wer die Einbrecher sind«, antwortete Hannes.

»Da können wir lange warten«, antwortete Frank.

»Ich beobachte das Gelände«, sagte Kurt.

»Ach du«, erwiderte Frank ungehalten, »das bringt uns auch nicht weiter.«

»Vielleicht doch. Wir müssen nur Geduld haben«, sagte Kurt wieder, »manchmal geht alles schneller, als man denkt.«

»Mir jedenfalls geht es zu langsam«, rief Frank wieder. »Jetzt sind schon vierzehn Tage vergangen, seit wir das Lager entdeckt haben, und was haben wir davon? Nichts. Wir sind so schlau wie vorher auch. Wir trauen uns ja kaum noch auf das Ziegeleigelände.«

Kurt sagte langsam: »Weißt du, Frank, ihr könnt rumlaufen, deshalb seid ihr so ungeduldig. Ich muss ständig in meinem Rollstuhl sitzen und warten, bis mich einer wohin schiebt, da lernt man schon das Warten.«

Wenn Kurt so sprach, konnte man vergessen, dass er auch ein Junge war wie sie, dann machte er den Eindruck, als sei er schon erwachsen.

Frank wusste nicht, was er darauf hätte sagen können, er mochte Kurt, alle mochten Kurt, sogar Olaf, der sich anfangs gegen seine Aufnahme gewehrt hatte. Jetzt machte es ihnen überhaupt nichts mehr aus, einen Rollstuhl zu schieben.

Als Frank wieder gehen wollte, sagte Kurt: »Wisst ihr, ich habe so eine Idee. Wir brauchen nur zu warten, bis wieder mal ein Einbruch passiert, dann legen wir uns auf die Lauer, dann kann es nicht mehr lange dauern, bis sie auf dem Gelände erscheinen.«

Frank war anfangs von Kurts Idee begeistert, winkte dann aber ab und sagte: »Das hört sich zwar ganz einfach an, ist aber nicht so einfach. Weißt du, wenn nämlich so ein Einbruch entdeckt wird, dann ist es längst wieder Morgen, und die Einbrecher fahren doch sicher nachts auf das Ziegeleigelände und wir liegen im Bett und erfahren an nächsten Morgen erst aus der Zeitung von dem Einbruch.«

»Jaja, das leuchtet mir ein«, antwortete Kurt, »aber was sollen wir machen, es ist doch unsere einzige Chance, verstehst du, wenn wir nicht unsere Eltern ins Vertrauen ziehen wollen oder es der Polizei melden wollen – und das wollen wir nicht.«

»Na, dann bis morgen«, sagte Frank und verabschiedete sich. Auch Hannes ging wenige Minuten später.

Als die beiden gegangen waren, nahm Kurt seinen

Feldstecher wieder vom Regal und beobachtete unentwegt das Gelände und den Weg zur alten Ziegelei, aber er konnte nichts Verdächtiges ausmachen. Die Ziegelei lag jetzt wieder in der Sonne wie all die Tage auch, nur einmal sah er einen Mann, der mit einem Schäferhund spazieren ging. Dann trat seine Mutter ins Zimmer, sie stutzte und sagte vorwurfsvoll: »Junge, was ist denn los mit dir, seit Tagen sitzt du da und glotzt durch das Fernglas.«

»Nichts. Ich habe nur plötzlich Spaß daran gekriegt«, antwortete Kurt.

»Junge, Junge, aus dir soll einer schlau werden«, sagte sie und verließ kopfschüttelnd das Zimmer.

Kaum war sie weg, nahm Kurt wieder den Feldstecher. Ihm schmerzten schon die Augen vom vielen Hindurchsehen, aber dann war er wie elektrisiert von dem, was er sah: Drei Mopedfahrer umkreisten das Gelände, sie verschwanden ein paar Minuten hinter der Seite, die Kurt nicht einsehen konnte, aber dann tauchten sie wieder auf. Kurt erkannte die Mopeds. Ein grünes war dabei mit einem Bügel hinter dem Sitz und an dem Bügel flatterten bunte Bänder. Auf diesem Moped saß Franks Bruder Egon.

Kurt war so aufgeregt, dass er sich ständig die Lippen leckte. Später hörte er die Mopeds auf der Hauptstraße knattern. Er nahm das Glas von seinen Augen, da sah er alle drei an seiner Wohnung vorbeifahren. Ja, kein Zweifel, es war Franks Bruder Egon, der Zweite war Karli, dessen Vater Polizist war, den Dritten kannte er nicht. Blödsinn, dachte Kurt, einfach Unsinn, die drei zu verdächtigen, die fahren nur herum, weil es ihnen Spaß macht oder weil sie Langeweile haben.

Nein, Egon hatte mit der ganzen Sache nichts zu tun, der war ein feiner Kerl, der hatte ihm mal den Rollstuhl repariert draußen auf der Straße vor ihrem Haus, als er zufällig vorbeigekommen war. Sein Vater hatte nicht gewusst, was er machen sollte, und da hatte Egon ihm einfach die Schraubenschlüssel aus der Hand genommen und gesagt: »Lassen Sie mich mal, Herr Wolfermann, ich bin Mechaniker und kenn mich da aus.«

Fünf Minuten später hatte er die Achse am rechten Rad wieder so eingesetzt, dass sie weiterfahren konnten. Kurt musste bei der Reparatur nicht einmal aus dem Stuhl gehoben werden.

Nein, Egon hatte nichts damit zu tun, Egon war ein feiner Kerl, so wie Frank, sein Bruder, den Kurt auch sehr mochte.

In der zweiten Ferienwoche hatten die Krokodiler ihre Scheu und Angst abgelegt. Sie trafen sich am Montagmorgen vor Kurts Haus und fuhren anschließend zur Ziegelei.

Kaum waren sie auf dem Gelände, da liefen Olaf und Frank voraus zum alten Bürogebäude und sahen in den Keller. Sie fanden keine Veränderung, ihnen war, als sei die schwere Eisentür noch genauso einen Spalt geöffnet wie vor vierzehn Tagen. Seitdem musste also niemand mehr im Keller gewesen sein.

»Wir sollten das Zeug herausholen und in unser Haus tragen«, sagte Frank.

»Spinnst du«, sagte Olaf. »Wie du überhaupt in der Hitze mit langen Hosen rumlaufen kannst.«

Dann verließen sie den Keller wieder, und als sie dann bei den anderen Krokodilern in der Trockenhalle waren, sagte Olaf: »Nichts verändert, es ist alles noch so, wie es war.«

»Scheiße«, knurrte Peter, und als er seinen Finger zur Nase heben wollte, hielt ihn Maria am Arm fest. Peter wurde rot und wandte sich ab.

Otto und Rudolf hatten in den letzten Tagen vom nicht allzu weit entfernten Müllplatz alte Plastikplatten gesammelt, mit denen sie nun den Boden ihres Hauses auslegten. Theo und Peter hatten Bretter zum Sitzen besorgt, die legten sie an der Wand entlang auf aufgeschichtete Ziegelsteine, und Maria hatte eine alte Blumenvase mitgebracht, die sie aus dem Gartenhäuschen ihrer Eltern hatte mitgehen lassen. Aber dafür wurde sie nur ausgelacht. Peter wollte es ihr heimzahlen und sagte: »Und wo hast du die Disteln, die da reingehören?« Und dann fügte er noch hinzu: »Sag mal, trägst du überhaupt schon einen Büstenhalter?«

Die anderen kicherten. Maria stieß Peter mit dem Ellenbogen in die Seite, dass er vor Schmerz das Gesicht verzog. Sie blieben bis zum frühen Abend in der Hütte, zumal Olaf seinen Kassettenrecorder mitgebracht hatte. Sie redeten auch über Kurts Plan, sich auf die Lauer zu legen, wenn sie von einem neuen Einbruch erfuhren. Aber der Plan wurde schnell wieder verworfen, weil sie Frank Recht geben mussten, dass die Einbrecher längst über alle Berge sein würden, wenn sie davon erfuhren.

»Es ist zum Verrücktwerden«, sagte Olaf, »bevor wir das Lager entdeckt haben, da war fast jede Woche ein Einbruch. Jetzt sind die Kerle wie vom Erdboden verschluckt.«

»Schöner Mist«, sagte Peter. »Na, und jetzt?«

»Was jetzt? Nichts, warten!«, sagte Kurt.

»Du immer mit deinem Warten«, erwiderte Olaf, »wir haben nicht so viel Zeit wie du, wir wollen endlich das Geld, damit wir was damit anfangen können.«

»Ich auch«, sagte Kurt. Und alle sahen ihn an.

Maria fragte endlich: »Was willst du denn mit dem Geld?«

»Und was wollt ihr damit?«, fragte Kurt. Keiner konnte darauf eine Antwort gegen, weil noch niemand so richtig darüber nachgedacht hatte, wie sie das Geld verwenden würden, wenn sie die Belohnung erhielten.

»Na also«, sagte Kurt.

Hannes und Maria hatten wieder mitgeholfen Kurt in das Haus zu schieben. »Wo wart ihr denn?«, fragte Kurts Vater, als er seinen Sohn Huckepack in die Wohnung trug.

»Im Wald«, log Maria. Kurt und Hannes nickten, weil auch sie es nicht für ratsam hielten, die Wahrheit zu sagen. Das Betreten des Ziegeleigeländes war nun mal verboten. Maria verabschiedete sich, Hannes blieb.

Plötzlich sagte Kurt zu ihm: »Du, Hannes, ich hab einen ganz blödsinnigen Verdacht.«

»Du weißt, wer sie sind?«, fragte Hannes schnell.

»Nein … ich vermute es nur … aber wahrscheinlich habe ich Unrecht … vergiss es wieder.«

Als Hannes dann gegangen war, kam Kurts Mutter ins Zimmer und fragte direkt: »Los, Kurt, nun erzähl mal, was geht denn dauernd so Geheimnisvolles vor bei euch?« Sie setzte sich in einen Stuhl, um damit anzudeuten, dass sie erst wieder aufstehen werde, wenn er ihr Auskunft gegeben hatte.

Und dann erzählte ihr Kurt doch alles von Anfang an, sie unterbrach ihn nicht, sie hörte nur zu. Erst als er von seinem Verdacht sprach, unterbrach sie ihn und sagte: »Man darf andere nicht beschuldigen, wenn man nichts weiß. Behalte es für dich und halte die Augen offen ... aber sonst kannst du weiterhin mitmachen, ich habe nichts dagegen, wenn die anderen auf dich aufpassen und es für dich nicht zu anstrengend wird.«

Am Sonnabendvormittag hatte Olaf seinen Krokodilern die Anweisung gegeben, alle Kennzeichen der Mopeds auszukundschaften und aufzuschreiben, die es in ihrer Siedlung gab, vor allem aber jene, die so aussahen, wie Kurt sie beschrieben hatte.

Einige Stunden kurvten sie mit ihren Fahrrädern durch die Straßen und Wege der Papageiensiedlung, sie schauten auch in Hinterhöfe und in die Gärten hinter den Häusern.

Es war wieder ein heißer und schwüler Tag. Maria schob Kurt allein durch die Siedlung bis zum Platz vor der Kirche, den sie als Treffpunkt bestimmt hatten.

Als dann schließlich, es war schon weit über die Mittagszeit, alle wieder am Kirchplatz versammelt waren, gab jeder seine notierten Nummern bei Kurt ab, der sie untereinander in ein Notizbuch schrieb.

Die Ausbeute war nicht groß.

Dreizehn grüne Mopeds hatten sie in der Siedlung gefunden, zehn rote. Von den grünen Mopeds besaßen nur vier hinter dem Sitz einen hohen Bügel mit bunten Bändern.

»Wenn wir das Moped von Franks Bruder abrechnen«, sagte Kurt, »dann haben wir noch zwölf grüne Mopeds, genauer gesagt, nur noch drei grüne Mopeds mit Bügel und Bändern.«

»Wieso Franks Bruder abrechnen? Egon hat doch auch ein grünes. Grün ist grün, egal, wem es gehört«, rief Peter.

»Du spinnst wohl«, ereiferte sich Frank. »Lasst gefälligst meinen Bruder aus dem Spiel, das sag ich euch.« Und nach einer Weile fügte er hinzu: »Sonst mach ich nicht mehr mit, damit basta.«

Egons Moped trug die Nummer 110 GBB, so hatte Kurt es aufgeschrieben.

Dann standen sie doch wieder ratlos auf dem Kirchplatz und wussten nicht so recht, was sie machen sollten. Die Nummern, das hatten sie bald erkannt, brachten sie nicht weiter. Sie hatten sich das alles viel leichter vorgestellt und merkten nun, dass es doch sehr schwierig war. Sie kannten zwar die Nummern, nicht aber die Besitzer der Mopeds.

»Wenn wir nur nachts wegkönnten von zu Hause«, sagte Peter, »dann wäre alles viel leichter.«

Der Einzige, der es sich leisten konnte, nachts aufzustehen, war Kurt. Mit seinem Fernglas hatte er auch die Möglichkeit, etwas zu beobachten.

Als die Krokodiler Kurt bedrängten, das Gelände jede Nacht zu beobachten, zuckte Kurt nur die Schultern und sagte: »Glaubt ihr vielleicht, ich kann die ganze Nacht wach bleiben?«

Er wollte den anderen erst sagen, dass er seine Mutter eingeweiht hatte, unterließ es dann aber doch, es hätte nur zu Vorwürfen und peinlichen Fragen geführt.

»Wir sind so schlau wie vorher«, sagte Olaf, »verdammter Mist, und ich habe es mir so leicht vorgestellt.«

»Das schöne Geld«, sagte Peter und hielt sich die Nase fest. Willi kaute an seinen Fingernägeln. Hannes und Maria schoben Kurt wieder nach Hause. Als Maria gegangen war, fragte Hannes. »Sag mal, Kurt, hast du einen Verdacht?«

»Nein, ich habe keinen Verdacht«, antwortete Kurt.

»Manchmal denke ich, Franks Bruder ist dabei«, sagte Hannes zögernd und schaute aus dem Fenster, als schäme er sich plötzlich, diesen Verdacht ausgesprochen zu haben.

»Wie kommst du darauf?«, fragte Kurt lauernd.

»Ich weiß nicht, warum ich das denke, mir ist halt so, als ob …«

»Jaja«, erwiderte Kurt, »aber wir haben keine Beweise. Keinen einzigen. Die Mopeds allein sind kein Beweis und ich habe damals keine Gesichter gesehen … manchmal habe ich auch den Verdacht.«

»Du auch?«, fragte Hannes überrascht.

»Aber warum sollte Egon dabei sein … Egon ist ein prima Kerl, er hat meinem Vater geholfen den Rollstuhl zu reparieren.«

»Weißt du was«, sagte Hannes, »wir geben die Sache auf. Vielleicht ist alles ganz anders, als wir es uns vorstellen … ganz anders vielleicht.«

»Nein, das meine ich nicht, Hannes, ich glaube, wir sind auf der richtigen Spur.«

Hannes hätte mit zu Mittag essen dürfen, aber er lief doch nach Hause, weil er Krach befürchtete, und seine Eltern wollten am späten Nachmittag in den Westfalenpark spazieren gehen, vielleicht auch auf den Fernsehturm hinauffahren, um im Café Kuchen zu essen.

»Also bis morgen«, sagte Hannes, »und sieh mal, vielleicht bemerkst du doch noch was, du hast ja ein gutes Fernglas und nichts anderes zu tun.«

Als sie beim Abendessen saßen, fragte plötzlich Kurts Vater. »Sag mal, mein Sohn, ist was? Es geht in letzter Zeit immer so geheimnisvoll zu in deinem Zimmer.«

Seine Mutter kam ihm mit der Antwort zuvor: »Was soll sein, es geht halt ein bisschen lauter zu als vorher, weil Kurt jetzt Spielkameraden hat … oder hast du was dagegen?«

»Ich? Was sollte ich dagegen haben, ich bin doch froh darüber«, antwortete der Vater.

»Na, dann ist ja alles gut«, sagte seine Frau und nickte Kurt unmerklich zu.

Dann ereignete sich am Morgen Folgendes.

Frank und Hannes hatten Kurt abgeholt und später mit Marias Hilfe zur alten Ziegelei gefahren. Sie schwitzten gehörig, es war schon am Vormittag über dreißig Grad Hitze. Sie hatten sich belegte Brote mitgenommen und Peter und Otto brachten eine große Thermosflasche mit Tee, denn sie wollten den ganzen Tag in ihrem Haus bleiben und mittags nicht nach Hause fahren. Olaf hatte wieder seinen Kassettenrecorder mitgebracht.

Sie spielten Ball, sie machten Kunststücke mit ihren Rädern, besonders Otto und Theo vollführten die tollsten Tricks, wie Kopfstand auf dem Sattel oder freihändiges Fahren und verkehrt auf dem Rad sitzen, nur einen Spiegel vor ihren Gesichtern, um zu sehen, wohin der Weg führte.

Alle Krokodiler hatten von ihren Eltern für die Zeit der Ferien etwas mehr Taschengeld als sonst bekommen, weil es ihren Eltern dieses Jahr nicht möglich war in den Urlaub zu fahren, viele Väter machten Kurzarbeit und konnten sich den Urlaub nicht leisten. Kurts Eltern konnten mit ihm sowieso nur in die Ferien fahren, wenn sie einen Platz in einem Ferienheim der Arbeiterwohlfahrt erhielten, denn Hotels und Pensionen waren ihnen zu teuer und besaßen nicht die Einrichtungen, um einen Jungen im Rollstuhl in Zimmer, Badezimmer und Toilette zu schieben.

Theos und Willis Väter waren sogar seit Wochen arbeitslos. Da musste gespart werden und Hannes' Vater sagte immer: Man weiß nicht, was noch alles kommt.

Während die Krokodiler in der Mittagszeit in ihre Hütte

gegangen waren, um ihre belegten Brote zu essen, fuhr Kurt allein in seinem Rollstuhl auf dem Hof herum, er war nicht hungrig.

Das Herumfahren war jetzt für Kurt besser möglich, weil Otto, Willi und Theo den großen Hof von Ziegelsteinen, Dachpfannen und anderen Hindernissen, die Kurt hätten gefährlich werden können, geräumt hatten. Über die Betonkante an der Trockenhalle hatten sie zwei Bretter gelegt, über die Kurt den Rollstuhl alleine fahren konnte.

Gerade als Kurt zur südlichen Seite des Geländes fuhr, wo der hohe Kamin stand, der wegen Einsturzgefahr noch einmal extra eingezäunt war, bemerkte er plötzlich zwei Mopedfahrer, die durch die Lücke im Zaun, die er vorher nie gesehen hatte, auf den Hof kamen.

Sie schoben ihre Mopeds durch den Zaun.

Kurt erkannte sofort Franks Bruder, den anderen hatte er zwar schon gesehen, wusste aber seinen Namen nicht. Kurt blieb keine Zeit mehr, sich zu verstecken, er saß in seinem Rollstuhl mitten auf dem Platz wie ein Denkmal. Die beiden stutzten, als sie Kurt vor sich sahen, einen Moment lang waren sie ratlos, auch sie konnten nicht mehr ungesehen abhauen, schließlich hatte Kurt sie erkannt.

Sie gingen mit ihren Mopeds auf Kurt zu, und als sie vor ihm standen, fragte Egon barsch: »Sag mal, was machst du denn hier? Wie kommst du denn hierher?«

Kurt wollte erst nicht antworten, die Krokodiler in ihrem Versteck nicht verraten, aber die beiden hätten ihm ja doch nicht geglaubt, wenn er gesagt hätte, dass er allein auf das Gelände gefahren sei.

Deshalb sagte Kurt: »Mit den anderen«, und er deutete auf die Trockenhalle.

»Mit welchen anderen?«, fragte Egon argwöhnisch.

Kurt deutete wieder auf die Trockenhalle, aus der nun Olaf, Frank und Maria gelaufen kamen.

Frank war nicht wenig überrascht, seinen Bruder auf dem Hof zu begegnen.

»Haut ab hier«, sagte Egon drohend, »sonst müssen wir euch Beine machen. Könnt ihr nicht lesen? Draußen hängt groß eine Tafel, dass das Betreten der Ziegelei verboten ist.«

»Für dich ist es nicht verboten?«, fragte Frank seinen Bruder.

»Halt bloß die Klappe, du Affe«, rief Egon erbost, »sonst erzähle ich alles Vater.«

»Na und?«, erwiderte Frank. »Wenn ich nicht auf das Gelände darf, dann darfst du auch nicht drauf, dann erzähle ich das Vater, damit du nur weißt.«

»Jetzt werde bloß nicht frech, Affe«, schrie Egon ihn an, »sonst knall ich dir paar in die Fresse«. Und Egon machte tatsächlich eine Bewegung, als wollte er Frank schlagen.

Kurt hatte das vorausgesehen, er fuhr in der Sekunde mit dem Rollstuhl los und über Egons linken Fuß, als der auf seinen Bruder losstürzen wollte. Egon war nicht vorbereitet, er stolperte und fiel zu Boden.

Die Krokodiler lachten.

Als sich Egon wieder hochgerappelt hatte, fragte Kurt ganz freundlich: »Bist du hingefallen? Das tut mir aber Leid. Hast du denn die kleinen Räder an meinem Rollstuhl nicht bemerkt?«

Egon war wütend, nicht so sehr, weil er gestürzt war, als vielmehr, weil die Krokodiler ihn ausgelacht hatten. Er schrie Kurt an: »Wenn du das noch einmal machst, dann schmeiß ich dich aus deinem Stuhl, damit du es nur weißt. Dann kannst du sehen, wie du wieder in deine Kutsche kommst.«

»Wenn du das wagen solltest«, rief Olaf plötzlich aufgebracht, »dann kannst du dein blaues Wunder erleben, das prophezeie ich dir ... dann zerstechen wir dir die Reifen, dann kannst du sehen, wie du weiterfahren kannst ... du ...du ...«

Auch die restlichen Krokodiler waren unterdessen aus der Halle auf den Hof gelaufen und sie nahmen, ohne dass es ihnen einer befohlen hätte, eine drohende Haltung ein gegenüber Egon und seinem Freund.

»Lass doch«, sagte Kurt, »der Egon meint das gar nicht so.«

»Halt die Klappe«, schrie ihn Egon an, »natürlich meine ich es so, du Arsch mit Ohren.«

Aber er und sein Begleiter waren doch nicht mehr so sicher, als sie die drohende Haltung der Krokodiler bemerkten.

Egon maulte noch etwas herum, dann gab er seinem Freund ein Zeichen, sie schwangen sich auf ihre Mopeds und fuhren zum Loch im Zaun, durch das sie auf das Gelände gekommen waren, stiegen ab, schoben ihre Mopeds hindurch und waren wenig später nicht mehr zu sehen, nur die Motoren waren noch ein paar Minuten zu hören.

»Mensch, Kurt«, rief Olaf und klopfte ihm auf die Schulter, »das hast du prima gemacht. Wie du dem Egon auf die Zehen gefahren bist, das war Spitze.«

Und Theo mit der Schottenmütze sagte wie aus heiterem Himmel: »Nein, die beiden haben mit den Einbrüchen nichts zu tun, sie sind wahrscheinlich auch nur zufällig auf das Gelände gekommen wie wir damals.«

»Wie kannst du so etwas denken!«, rief Frank und war nahe daran loszuheulen. »Mein Bruder kann sein wie er will, der tut doch nur so großspurig. Mein Bruder ist ein prima Kerl.«

»Ist er auch«, pflichtete Kurt bei, »der hat meinen Rollstuhl repariert, nicht mal mein Vater hätte das gekonnt, und er hat nichts dafür genommen.«

Nach dieser Begegnung war ihre gute Stimmung verflogen. Peter, Theo und Rudolf, der immer ein angekettetes Schnappmesser an seiner Hose trug, waren nachdenklich und beim Spielen unkonzentriert geworden.

Maria fragte Kurt: »Kannst du dir erklären, warum Egon so unfreundlich zu uns war? Besonders zu dir?«

»Zu Frank war er unfreundlich«, erwiderte Kurt.

»Zu uns auch. Der war ja richtig boshaft, so kenne ich ihn gar nicht«, erwiderte Maria. »Das hat doch was zu bedeuten.«

»Ach was, das muss doch nichts zu bedeuten haben. Schlag dir das aus dem Kopf«, versuchte Kurt Maria zu beruhigen. Und doch sprach Kurt nicht die Wahrheit, er hatte Egon während der ganzen Zeit genau beobachtet.

Von Anfang an hatte er bemerkt, wie Egons Augen verstohlen zum alten Bürogebäude hinüberblickten. Aber diese Beobachtung wollte Kurt nicht laut sagen, vielleicht war Egon wirklich besorgt, weil sie auf dem verbotenen Platz spielten. Wer konnte das schon wissen, es war ja immerhin möglich.

Kurt ließ sich in das Haus schieben, weil es auf dem Hof zu heiß geworden war. Essen wollte er immer noch nichts.

»Sollen wir morgen Nachmittag irgendwohin fahren?«, fragte Olaf seine Krokodiler.

»Wohin denn?«, fragte seine Schwester.

»Irgendwohin«, erwiderte er.

»Irgendwohin fahre ich nicht«, sagte sie.

»Wenn es morgen so heiß ist wie heute, dann muss ich zu Hause bleiben«, sagte Kurt, »der Arzt sagt, das ist nicht gut für mich, ich bin mehr der Sonne ausgesetzt als ihr, weil ich nicht rumlaufen kann.«

Am frühen Abend verließen sie das Gebäude und fuhren in ihre Siedlung, ohne dass sie sich für den nächsten Tag verabredet hätten. Kurt war bedrückt.

Nach dem Abendessen las Kurts Vater die Zeitung. Plötzlich sagte er: »Das alte Ziegeleigebäude wird nun endlich abgerissen. Wird auch höchste Zeit.«

Kurt blieb der Bissen im Hals stecken, er fragte seinen Vater: »Wann? Gleich?«

»Im Herbst, steht hier. Wird ein Großmarkt errichtet. Den alten Kamin wollen sie aber sofort sprengen, er ist zu gefährlich geworden, die anderen Abbrucharbeiten kommen im Herbst dran.«

»Schöne Bescherung«, sagte Kurt.

»Was ist? Hast du was gesagt?«, fragte sein Vater. Aber Kurt gab keine Antwort, er zog sich vom Tisch in seinen Rollstuhl und rollte sich aus der Küche in sein Zimmer. »Was hat er denn?«, fragte Kurts Vater seine Frau, aber die hob nur die Schultern und machte sich am Herd zu schaffen.

Verdammt, dachte Kurt, als er in seinem Zimmer war, so eine Scheiße. Wenn ich jetzt bloß weg könnte wie die anderen, die wissen es bestimmt noch nicht. Als er noch nicht mit den Krokodilern unterwegs war, da kannte er das nicht anders, aber seitdem war ihm manchmal die Wohnung wie ein Gefängnis, dauernd wartete er, bis ihn einer abholen kam. Wenn seine Eltern wenigstens Telefon gehabt hätten, dann hätte er mit anderen telefonieren und sich verständigen können. Wenn es regnete und kein Krokodiler ihn abholen konnte, spürte er seine Hilflosigkeit besonders stark, nur Hannes kam dann manchmal vorbei, um mit ihm zu spielen.

Seine Mutter, die ins Zimmer getreten war, fragte: »Ist was los?«

»Ach, so ein Mist, jetzt haben wir endlich einen Platz gefunden, wo uns keiner stört, wo wir sicher sind, und jetzt soll das alles abgerissen werden … und dann, wenn sie den Kamin sprengen, dann wird doch bestimmt unser Lager entdeckt und wir sind wieder so schlau wie vorher.«

Dann erzählte Kurt seiner Mutter von der Begegnung mit Egon und dessen Freund auf dem Hof des Ziegeleigeländes.

»Ja und?«, sagte sie. »Das muss doch noch lange nicht bedeuten, dass die beiden auch zu den Einbrechern gehören. Sei vorsichtig mit Verdächtigungen. Was man nicht beweisen kann, das soll man auch nicht aussprechen.«

Der nächste Tag brachte wieder einen strahlend blauen Himmel, keine Wolke war am Himmel zu sehen.

Als Hannes und Frank, später folgte auch noch Maria, Kurt abholen kamen, wollte er ihnen gleich vom geplanten Abriss der Ziegelei erzählen, aber auch sie wussten es bereits schon, denn Hannes' Vater hatte es ebenfalls aus der Zeitung vorgelesen und hinzugefügt, es wäre auch an der Zeit, dass dieser Schandfleck in der Landschaft nun endlich verschwinde. Hannes war anschließend zu Olaf gefahren und Olaf hatte es schließlich weitererzählt.

Als sie am Kirchvorplatz angelangt waren, sagte Hannes: »Das ist vielleicht Kacke, ausgerechnet jetzt, wo wir einen idealen Platz gefunden haben und die Einbrecher entdecken könnten.«

»Das ist es ja«, sagte Frank, der wieder in langen Hosen gekommen war. »Wenn die jetzt den Kamin sprengen, dann entdecken sie vielleicht das Lager im Keller … was meinst du dazu, Kurt?«

Kurt wiegte den Kopf hin und her, schließlich sagte er: »Ich weiß nicht recht, vielleicht ist es auch ein Glücksfall. Guckt mal, einer von den Einbrechern hat das vielleicht auch in der Zeitung gelesen … na, was wird sein? Denkt mal nach. Die müssen sich schließlich auf schnellstem

Weg ein neues Lager suchen und so erfahren wir jetzt vielleicht schneller, wem das Lager wirklich gehört.«

»Da könntest du Recht haben«, sagte Olaf, der, ohne dass die anderen es gemerkt hatten, mit seinem Fahrrad an die Gruppe herangefahren war. »Das könnte stimmen, was Kurt da gesagt hat.«

»Sicher, das nützt uns viel, wenn der Kamin gesprengt wird«, antwortete Kurt. »Jetzt sind Ferien, da haben wir doch den ganzen Tag Zeit uns auf die Lauer zu legen. Einer von uns kann doch immer auf der Ziegelei sein und das Warten ist auch nicht mehr so langweilig, weil wir doch unsere Hütte fertig haben ... ich stelle euch gerne mein Fernglas zur Verfügung.«

»Und wie willst du das in der Nacht machen?«, fragte Olaf. »Die kommen doch nie und nimmer tagsüber, ich kann mir einfach nicht vorstellen, dass die am helllichten Tag ihr Lager ausräumen.«

»Olaf hat schon Recht«, warf Maria ein, »wir sind nicht schlauer geworden.«

»Es muss doch eine andere Möglichkeit geben«, sagte Frank, »wenn wir unseren Kopf ein wenig anstrengen.«

»Na, dann streng deinen Kopf mal ein bisschen an«, sagte Maria.

Sie fuhren zum Minigolfplatz am Waldrand, der erst vor zwei Tagen eröffnet worden war.

Ein Spiel kostete eine Mark. Olaf und Peter spielten als Erste, die anderen sahen zunächst nur zu. Hannes und Frank schoben Kurt dann immer ein paar Meter weiter, wenn die beiden eine neue Bahn bespielten.

Kurt wollte auch einmal probieren, ob es möglich war, vom Rollstuhl aus den Schläger zu halten, dass er einen Ball schlagen konnte. Aber es war doch schwieriger, als er es sich vorgestellt hatte, denn die beiden kleinen Vorderräder machten es ihm unmöglich, direkt an die Bahn zu gelangen.

Sie ließen dann doch Kurt außer Konkurrenz mitspielen, aber seine Bälle flogen meist über die Bahn hinaus.

»Lass gut sein«, tröstete ihn Peter, »in einem Jahr bist du deutscher Meister.«

Da kam auf einmal der Besitzer des Minigolfplatzes gelaufen, er fuchtelte mit den Armen in der Luft herum und rief laut: »Das geht aber nicht, nein, das geht nicht, du machst mir ja mit deinem Rollstuhl den neuen Rasen kaputt.«

Kurt starrte den Mann erschrocken an. »Aber ich kann doch nicht laufen«, erwiderte Kurt dem aufgeregten Mann.

»Das ist mir egal, mit dem Rollstuhl kannst du jedenfalls nicht hier auf dem Rasen rumfahren, du machst mir den neuen Rasen kaputt, guck dir die Spuren an, wie tief die sind.«

Die Krokodiler scharten sich um Kurt. Sie grinsten erst, aber bald merkten sie, dass es dem Mann ernst war.

Olaf sagte zu dem Mann: »Draußen steht aber keine Tafel, dass nur die spielen dürfen, die laufen können.«

Der Mann war einen Moment verdutzt, sagte dann: »Das versteht sich doch wohl von selbst, oder?«

»Dürfen denn welche rein, die auf Krücken gehen müssen?«, fragte Maria hinterhältig.

»Was soll denn das?«, fragte der Mann. »Selbstverständlich dürfen die rein.«

»Das verstehe ich aber nicht«, sagte Olaf, »die Krücken drücken sich doch noch viel tiefer in den Rasen als die Räder vom Rollstuhl.«

Der Mann war einen Augenblick lang irritiert, dann sagte er schließlich mit einer energischen Handbewegung: »Das ist mein Platz. Hier bestimme ich, was gemacht werden darf und was nicht.«

»Letztes Wort?«, fragte Olaf.

»Letztes Wort«, antwortete der Besitzer.

Da blinzelte Olaf allen Krokodilern zu und machte eine Kopfbewegung. Sie verstanden sofort. Sie rannten vom Minigolfplatz und ließen Kurt einfach stehen.

Als der Besitzer sah, wurde er aufgeregt. »So nehmt doch den Jungen mit!«, rief er. »Verdammt noch mal, kommt rein, holt ihn.«

»Können wir nicht!«, rief Olaf von draußen. »Die Räder machen doch den ganzen Rasen kaputt. Gucken Sie mal, wie tief die Spuren im Rasen sind!«

Kurt grinste vor sich hin, setzte aber eine leidende Miene auf, wenn ihn der Besitzer ansah, der aufgeregt herumtrampelte und schließlich selbst versuchte Kurt vom Platz zu schieben, aber er brachte ihn keinen Millimeter vom Fleck, denn Kurt hatte heimlich die Bremsen angezogen.

»Verdammt, bist du aber schwer«, keuchte der Mann, »hilf doch mal mit!«

Der Mann rüttelte an dem Rollstuhl, aber da ließ sich Kurt ganz schnell und geschickt in den weichen Rasen fallen. Er brüllte wie am Spieß, als habe er sich schlimm verletzt. Die Krokodiler auf dem Weg vor dem Zaun schrien nun ebenfalls so laut, dass es bis in die Siedlung hinein zu hören war: »Er hat ihn rausgeschmissen! Er will ihn umbringen! An hilflosen Kindern vergreift er sich!«

Der Mann stand sprachlos und voller Entsetzen über Kurt gebeugt und war nun selbst hilflos. Bittend wandte er sich an die Krokodiler draußen auf der Straße, Kurt doch hochzuheben. Sie kamen alle nacheinander gelaufen, Olaf und Maria hoben Kurt in den Rollstuhl. Kurt stöhnte, als habe er Schmerzen, dabei blinzelte er den beiden listig zu. Die Krokodiler sahen den Mann böse und abweisend an, der aber war so aufgeregt, dass seine Hände zitterten.

Einige Spaziergänger, darunter auch die Invaliden, waren am Zaun stehen geblieben und hatten alles beobachtet. Das war dem Besitzer peinlich.

Die Krokodiler schoben Kurt vom Golfplatz, der Mann lief hinterher und jammerte: »Das hab ich doch gar nicht gewollt. So ein Unglück, so ein Unglück.«

Olaf drehte sich um und fauchte ihn an: »Wir werden jetzt zum Arzt mit ihm gehen, vielleicht hat er sich noch was gebrochen, dann sind Sie schuld … einen Hilflosen einfach aus dem Rollstuhl stoßen … anzeigen müsste man so was.«

»Das war doch alles nicht so gemeint!«, rief der Mann. »Selbstverständlich darf er auf meinen Golfplatz mit dem

Rollstuhl, ist doch selbstverständlich, sogar umsonst darf er drauf.«

Die Krokodiler kümmerten sich nicht mehr um den Mann, sie schoben Kurt in den Wald, und als sie glaubten, weit genug entfernt zu sein, da lachten sie sich erst einmal richtig aus. Peter hielt sich den Bauch, so musste er lachen.

»Mensch, Kurt«, rief Hannes, »das war schon gekonnt, wie du dich da hast herausfallen lassen, einfach Klasse war das. Dem sein dummes Gesicht hätte man fotografieren müssen.«

»Und ich dachte erst, er hätte dich wirklich herausgestoßen«, sagte Olaf unter Lachen.

Auch Kurt konnte sich nicht mehr beherrschen, er prustete los: »Und wisst ihr, was das Schönste war, er hat sich abgequält und hat gar nicht gemerkt, dass ich die Bremsen angezogen hatte, der hätte schieben können, bis er schwarz geworden wäre.«

Da mussten sie noch mehr lachen, sie wieherten geradezu.

Als sie sich endlich, nach Minuten erst, wieder beruhigt hatten, sagte Olaf: »Leute, Schluss, jetzt zum Ernst des Lebens. Morgen Vormittag wird der Kamin gesprengt, da müssen wir auf jeden Fall hin und zugucken.«

»So ein Mist, ich kann nicht dabei sein«, warf Kurt ein, »na ja, vielleicht kann ich das von meinem Fenster aus beobachten.«

»Red keinen Quatsch«, antwortete Olaf, »ist doch klar, dass wir dich abholen kommen, das darfst du doch nicht versäumen.«

In Wolfermanns Wohnung, als Maria und Frank schon wieder gehen wollten, sagte Kurts Mutter geheimnisvoll: »Wir haben dir was gekauft.«

Und als sie die neugierigen Gesichter der anderen sah, fügte sie hinzu: »Ihr dürft mitkommen.«

Frau Wolfermann schob Kurt durch das Wohnzimmer auf den langen schmalen Balkon.

Etwa sechs Meter von der Balkontüre entfernt hing an der Hauswand eine dreifarbige, aus dickem Bast geflochtene Scheibe. Frau Wolfermann reichte ihrem Sohn Bogen und fünf Pfeile. »Hast du dir doch schon immer gewünscht, Bogenschießen, nicht wahr«, sagte seine Mutter und sah ihn erwartungsvoll an.

Kurt war so erregt, dass er vergaß sich zu bedanken. Er nahm sofort einen Pfeil aus dem Köcher, legte ihn ein, spannte die Sehne und schoss. Der Pfeil landete nur wenige Zentimeter neben dem roten Punkt in der Scheibe.

»Da sind ja Eisenspitzen dran«, rief Frank, der die Pfeile genau prüfte. »Mensch, Kurt, damit könnte man glatt einen Menschen umbringen.«

»Nun red nicht solch einen Unsinn«, sagte Kurts Mutter, »Bogen und Pfeile kommen mir nicht aus dem Haus, sonst stellt ihr womöglich noch was an.«

»Ich möchte trotzdem so einen Pfeil nicht in den Hintern kriegen«, sagte Maria.

»Mein Gott«, rief Frank, »wer wird schon in deinen dicken Hintern schießen.«

»Sag das noch einmal!«, rief Maria empört. »Dann knall ich dir eine.« Maria war beleidigt, aber Kurt beruhigte sie.

Sie durften nun alle einmal auf die Scheibe schießen und sie schossen nicht schlecht, wenn auch keiner von ihnen einen Volltreffer landete und den roten Punkt in der Mitte traf.

»Das ist für Kurt nicht nur ein Spiel«, klärte Frau Wolfermann die Krokodiler auf, »das hat der Arzt verordnet, damit sich seine Muskeln stärken, weil er doch sonst wenig Bewegung hat.«

»Schön ist es trotzdem«, sagte Hannes, »wir könnten damit auf Fasane schießen ...«

»Oder dem Golffritzen in den Hintern«, warf Frank dazwischen.

»Was redet ihr denn da!«, rief Frau Wolfermann und Maria erzählte ihr, was auf dem Minigolfplatz vorgefallen war, unterließ es jedoch zu erwähnen, dass Kurt sich aus dem Stuhl hatte fallen lassen, weil Kurt sie verstohlen an ihrem Rock gezupft hatte.

»Das ist aber die Höhe«, sagte die Frau, »mit dem werde ich mal ein Wörtchen reden ... dieser Kerl.«

»Brauchen Sie nicht, das haben wir schon besorgt«, grinste Frank. Dann verabschiedeten sie sich.

Auf der Straße meinte Maria: »Pfeil und Bogen, damit könnte man sich schon verteidigen, wenn es darauf ankommt.«

»Könnte man«, sagte Frank. »Und gegen wen?«

»Gegen einen von euch, wenn er frech wird«, sagte Maria.

Dann fuhren sie nach Hause.

Am andern Tag holten Hannes und Frank schon frühzeitig Kurt von seiner Wohnung ab. Sie hatten sich alle am Kirchvorplatz verabredet. Als sie auf der Straße waren, sagte Kurt: »Fahrt mich erst mal hinters Haus, aber so, dass es meine Mutter nicht sieht.«

Sie waren erstaunt, fragten aber nicht. Unter dem Balkon musste Frank dann ein Paket aufnehmen, es war eingewickelt und mit Tesafilm verklebt.

Sie fragten, was er da eingewickelt habe, aber Kurt gab keine Antwort.

Erst als sie alle auf dem Kirchvorplatz versammelt waren, wickelte er das Papier ab. Zum Vorschein kam eine Sperrholzplatte von fünfzig mal fünfzig Zentimetern, die Fläche war weiß gestrichen und darauf hatte Kurt mit roter Ölfarbe geschrieben: »Vorsicht! Betreten des Minigolfplatzes ist nur geistig und körperlich normalen Menschen erlaubt. Alle anderen Spieler zerstören den Rasen! Der Besitzer.«

»Das habe ich heute Nacht gemalt«, sagte Kurt.

Jeder wollte einmal die beschriftete Tafel in die Hand nehmen, sie hatten ihren Spaß daran und Olaf rief: »Das hängen wir jetzt dem Kerl an den Zaun. Das geht ganz gut, der macht ja seinen Platz erst nachmittags auf, der ist jetzt nicht da.«

Sie fuhren zum Minigolfplatz, der noch geschlossen war, und befestigten die Tafel so auffällig, dass jeder sie sehen musste. Dann liefen sie durch den Wald zum Ziegeleigelände.

Aber als sie an der Steigung angekommen waren, von

wo aus es noch hundert Meter bis zur Umzäunung waren, versperrten ihnen zwei Polizeifahrzeuge den Weg. Niemand durfte weiter. Von ihrem Platz aus konnten sie jedoch die Vorgänge auf dem Ziegeleigelände gut verfolgen.

»Wenn der Kamin in die Luft fliegt, dann ist bestimmt das Dach kaputt und unsere Hütte auch«, sagte Peter.

»Da fliegen keine Steine in die Luft«, erwiderte Olaf. »Mein Vater hat gesagt, der Kamin klappt bei der Sprengung zusammen wie ein Kartenhaus.«

Plötzlich bemerkten sie Egon, der mit seinen beiden Freunden einige Meter neben ihnen stand.

Kurt stieß Olaf an, aber Olaf sagte: »Hab sie schon gesehen. Du, dem Karli sein Vater ist bei der Autobahnpolizei, der fährt so einen ganz schnellen Porsche. Die haben nie und nimmer was mit der Sache zu tun.«

Die drei Mopedfahrer und die Krokodiler starrten auf das Gelände.

»Meinst du wirklich?«, fragte Kurt.

»Du spinnst, wenn du das glaubst«, zischte Olaf zurück.

»Ich habe schon Pferde kotzen sehen, sagt immer mein Vater«, antwortete Kurt.

»Du vielleicht, aber ich noch nicht«, erwiderte Olaf leise, damit die anderen nicht aufmerksam wurden.

Dann hörten sie einen lang anhaltenden Sirenenton, die Warnung für die unmittelbar bevorstehende Sprengung. Die etwa hundert Schaulustigen verstummten. Die Spannung wuchs, Kurt rutschte vor Aufregung in seinem Rollstuhl hin und her. Er hatte zwar sein Fernglas mitgenommen, aber die Krokodiler rissen es sich gegenseitig aus den Händen.

Plötzlich gab es einen dumpfen Knall, gar nicht so laut, wie sie es erwartet hatten.

Gleich darauf zitterte der hohe Kamin, er wankte und dann fiel er wie in Zeitlupe in sich zusammen.

Kein Stein flog in die Luft, es war, als würde der Kamin in die Erde versinken. Nur Staub wirbelte auf, der vom Wind stadteinwärts geweht wurde.

Nach einem erneuten Sirenenton, der Entwarnung anzeigte, sagte einer der Polizisten von ihnen: »So, das war's. Kurz und schmerzlos.«

Die Polizisten gaben den Weg wieder frei. Sie stiegen in ihre Peterwagen und fuhren in Richtung Stadt.

Nach und nach entfernten sich die Zuschauer. Die Krokodiler liefen zum Zaun, um zu sehen, was die Sprengung sonst noch für einen Schaden angerichtet hatte.

Wenn auch Kurt das Schauspiel der Sprengung aufmerksam verfolgt hatte, hatte er doch während der ganzen Zeit die drei Mopedfahrer nicht aus den Augen gelassen. Er wollte sehen, wie sie reagierten. Es war ihm nicht entgangen, dass sie beunruhigt waren und manchmal ängstlich und besorgt auf das alte Bürogebäude schielten.

Als die Sprengung vorbei war, hatten sich die drei gegenseitig auf die Schulter geklopft, als hätten sie sagen wollen: Noch mal gut gegangen.

Was die Krokodiler vor dem Zaun dann als Erstes bemerkten: Der Maschendraht war wieder zusammengeflickt worden!

Kein Stein war durch die Sprengung auf die Trockenhalle gefallen. Wo vor der Sprengung der Kamin gestanden hatte, befand sich jetzt nur noch ein Schutthaufen, als hätten Lastwagen dort Ziegel und abgetragenes Mauerwerk abgekippt. Plötzlich standen die drei Mopedfahrer hinter ihnen.

Egon fragte seinen Bruder: »Sag mal, was machst du denn schon wieder hier?«

»Dumme Frage«, erwiderte Frank. »Zuschauen. Genau wie du.«

»Hau lieber ab«, sagte Egon.

»Hau du doch ab«, erwiderte Frank, »du Großmaul.«

»Jetzt werd bloß nicht frech, du Affe.«

»Jetzt werd du bloß nicht frech, du Angeber«, erwiderte Frank. Die Krokodiler, die der Unterhaltung der beiden Brüder schweigend gefolgt waren, grinsten sich an.

Egon wollte noch etwas sagen, winkte dann aber den beiden anderen und sie fuhren knatternd den Feldweg entlang zur anderen Seite der Ziegelei, an der sich das große Einfahrtstor befand.

Olaf sagte leise zu Kurt, ohne dass die anderen es hören konnten: »Vielleicht hast du doch Recht.«

»Natürlich habe ich Recht, aber ich will es immer noch nicht glauben«, flüsterte Kurt.

»Aber Recht haben genügt nicht, Kurt, beweisen müssen wir es, sonst glaubt uns doch keiner«, flüsterte Olaf zurück.

Olaf schob den Rollstuhl allein. Die Krokodiler liefen voraus. Da fragte Kurt: »Und wenn wir Recht haben und es auch beweisen können, was ist dann mit Frank, er ist schließlich Egons Bruder.«

»Was hat Frank mit seinem Bruder zu tun, Frank hat doch nicht eingebrochen und auch nicht geklaut.«

»Das nicht, aber er müsste dann gegen seinen eigenen Bruder aussagen, wenn wir sie anzeigen. Möchtest du das?«, fragte Kurt.

»Nein, ich würde auch nicht gegen meinen eigenen Bruder aussagen, wenn ich einen hätte, ich würde auch nicht gegen Maria aussagen. So eine verdammte Scheiße«, erwiderte Olaf.

»Frank tut mir Leid, der kann ja nichts dafür«, sagte Kurt.

Vier Männer der Sprengkolonne verluden Geräte auf einen Lastwagen, der vor dem Gelände stand, und als sie mit dem Beladen fertig waren, verschlossen sie das Einfahrtstor mit der dicken Kette und dem schweren Vorhängeschloss. Gleich darauf fuhren sie ab. Von den Mopedfahrern war allerdings nichts mehr zu sehen.

»Und was machen wir jetzt?«, fragte Maria.

Alle sahen sie an, als habe sie etwas Unerhörtes gesagt.

»Na ja, wir müssen doch jetzt was machen?«, fragte Maria.

»Jetzt?«, fragte Rudolf nach einer Weile und baumelte sein Schnappmesser an der Kette. »Jetzt gehen wir nach Hause. Auf das Gelände können wir heute ja doch nicht mehr.«

»Wieso kann denn dein Bruder da sein«, fragte Peter, »muss er denn nicht arbeiten? Oder hat er einen Krankenschein?«

»Weiß ich doch nicht«, erwiderte Frank heftig, »frag ihn doch selber.«

»Lass doch Frank in Ruhe«, sagte Kurt.

»Achtung! Das Rennen geht los!«, rief Otto und schwang sich auf sein französisches Zehngangrad. Er machte auf dem Sattel einen Kopfstand und raste den Hügel hinunter. Alle fuhren ihm hinterher, wenn auch nicht auf so halsbrecherische und wilde Weise.

Maria, die bei Kurt geblieben war, sagte: »Eines Tages wird sich der Otto noch mal den Hals brechen.«

»Ich könnte auch Fahrrad fahren, wenn ich eins hätte«, sagte Kurt.

»Was? Du? Fahrrad fahren?«, fragte Maria.

»Sicher. Ein dreirädriges Spezialfahrrad. Da werde ich am Oberkörper und an den Beinen angeschnallt, da sind besonders angeschraubte Pedale. Aber meinen Eltern ist so ein Spezialfahrrad zu teuer, kostet über tausend Mark, die Krankenkasse zahlt das nicht und die Sozialhilfe auch nicht, die sagen einfach, das wäre Luxus.«

»So viel Geld?«, fragte Maria.

»Ja, so viel Geld kostet so ein Fahrrad«, antwortete Kurt. Als sie aus dem Wald herausfuhren, sahen sie vor dem Minigolfplatz die Invaliden stehen und miteinander reden. Der Besitzer des Platzes, der einige Straßen weiter wohnte, kam aufgeregt angelaufen.

Die Krokodiler waren am Waldrand stehen geblieben,

um auf Maria und Kurt zu warten. Sie beobachteten von einem Gebüsch aus, was sich nun ereignen würde.

Der Besitzer las das Schild, riss es vom Zaun und schrie: »Denen werde ich es geben … so eine Frechheit!«

Dann schloss er das Tor zum Golfplatz auf und verschwand mit der Tafel in dem Häuschen, in dem die Golfschläger und Bälle verwahrt wurden und die Eintrittskarten gekauft werden mussten.

Kurt fragte Frank plötzlich: »Sag mal, Frank, verdient dein Bruder eigentlich viel in der Werkstatt, wo er arbeitet?«

»Weiß ich nicht. Jedenfalls hat er immer Piepen auf der Hand. Warum fragst du?«

»Ach, nur so«, erwiderte Kurt.

»Komische Fragen hast du manchmal«, sagte Frank.

Dann fuhren sie nach Hause.

Am darauf folgenden Sonntag fand das große Waldfest statt, das jedes Jahr von den Vereinen der Papageiensiedlung ausgerichtet wurde: Schützenverein, Gesangsverein, Kegelklub, Turnverein und Handballverein. Im Wald waren Tische und Bänke aufgeschlagen, Buden und Zelte, an denen Bratwürste, Bier, Süßigkeiten und Luftballons verkauft wurden. Eine Musikkapelle der Feuerwehr spielte zum Tanz. Die Tanzfläche war aus Brettern gezimmert.

Für die Kinder gab es Spiele und Belustigungen. Mit verbundenen Augen und einer drei Meter langen Stange mussten sie Tontöpfe, die inmitten eines Kreises aufgestellt waren, finden und dann zerschlagen. Es gab Wettklettern an eingewachsten Stangen, oben am Ende der Kletterstangen war ein Rad angebracht, an dem kleine Geschenke baumelten, und wem es gelang, etwas vom Rad herunterzureißen, der durfte es auch behalten. Frank, der beste Kletterer der Krokodiler, hatte sich eine Armbanduhr geangelt, Olaf eine Badehose und Otto ein Paar weiße Turnschuhe.

Lose wurden verkauft und die Gewinne anschließend versteigert, weil das Geld später dem Altersheim gespendet wurde.

Alle Krokodiler waren auf den Festplatz gekommen. Maria und Hannes hatten Kurt abholen wollen, Kurts Eltern aber wollten das Waldfest auch besuchen, und so musste Kurt bei seinen Eltern bleiben. Sie wollten erst später hingehen auf das Fest, Kurts Vater befürchtete, sie würden zu viel Geld ausgeben, wenn sie zu früh da wären.

Kurt war unruhig, er hatte nämlich einen Plan, den er mit den Krokodilern besprechen wollte.

Als Kurt mit seinen Eltern endlich zum Fest in den Wald kam, sah er sofort Maria und Olaf, die mit ihren Fahrrädern zum Ärger anderer Gäste zwischen Tischen und Bänken herumkurvten. Kurt machte Olaf ein Zeichen, aber der tat so, als würde er nichts merken.

Doch dann kam er wie zufällig angefahren und setzte sich auf eine Bank neben den Rollstuhl. Kurt wartete ab, bis seine Eltern sich angeregt mit Nachbarn unterhielten, und dann flüsterte er Olaf zu: »Ihr müsst mich hier loseisen, sonst komme ich den ganzen Nachmittag nicht hier weg.«

»Wie sollen wir denn das anstellen?«, fragte Olaf und er winkte seiner Schwester, die für solche Aufgaben erfahrener war als er.

»Weiß ich auch nicht, lasst euch was einfallen … weißt du, ich habe so eine Ahnung, dass wir heute die Mopedfahrer auf frischer Tat ertappen …«

»Du mit deinen Ahnungen«, sagte Olaf.

»Lass mich doch ausreden. Wenn es für die eine günstige Gelegenheit gibt, dann heute, wo doch alle auf dem Fest sind … ist doch klar. Denk doch mal nach.«

»Du spinnst«, sagte Maria, die sich zu ihnen gesetzt hatte. »Am helllichten Tag.«

»Am helllichten Tag ist heute jedenfalls sicherer für die als bei Nacht, das sag ich euch … wetten, dass ich Recht habe … die haben nicht mehr viel Zeit, bald rücken die Bulldozer an, dann ist der Ofen aus für die drei.«

»Gut«, sagte Maria, »ich fahr mal eben und hole Frank, der kann dann…«

»Nein, nicht den Frank«, antwortete Kurt schnell, »alle kannst du holen, bloß nicht Frank, am besten, der ist überhaupt nicht dabei.«

»Du bist aber komisch … Frank kann doch am besten mit mir zusammen mit dem Rollstuhl umgehen.«

»Dann sag es Hannes, wenn du ihn siehst, der kann es ebenso gut, oder Rudolf. Peter hat mich auch schon geschoben … bloß Frank nicht sagen, was wir vorhaben.«

»Also du bist wirklich komisch«, sagte Maria kopfschüttelnd.

Aber ihr Bruder sagte: »Tu, was er dir gesagt hat, die Erklärung bekommst du später nachgeliefert … wenn es stimmt, was Kurt vermutet, dann gibt es heute eine ganz dicke Überraschung. Los jetzt, zisch ab, Schwesterherz.«

Kurt musste dann doch noch eine Stunde bei seinen Eltern sitzen bleiben, eine Bratwurst essen und eine Cola trinken. Jetzt hatte er keine Angst mehr, etwas zu essen oder zu trinken, denn die Krokodiler hatten schon Übung darin, ihm zu helfen, wenn er mal musste. Alles war im Laufe der Wochen selbstverständlich geworden.

Kurt sah, dass die Krokodiler sich versammelt hatten. Maria macht ein Zeichen, dann kam sie und fragte seine Eltern freundlich, ob Kurt mitkommen dürfe. Seine Mutter äußerte zwar Bedenken, aber der Vater sagte: »Lass ihn doch mit. Warum soll er den ganzen Tag bei uns rumsitzen.«

Maria und Hannes schoben Kurt in den Wald hinein, wo die Krokodiler schon warteten. Olaf fragte: »Sag mal, Kurt, könnten wir nicht deinen Bogen und deine Pfeile mitnehmen?«

»Ich habe doch keinen Schlüssel zur Wohnung.«

»Ist denn das Zeug nicht mehr auf dem Balkon?«, fragte Willi und strich sich andächtig über seine langen blonden Locken.

»Sicher … auf dem Balkon. Du, Olaf, fahr doch hin, kletter einfach auf den Balkon … ist sowieso niemand im Haus, es sieht doch keiner.«

Olaf schwang sich auf sein Fahrrad und trat wie ein Rennfahrer in die Pedale. Otto fragte: »Wo ist denn Frank?«

»Habe ich nicht finden können«, log Maria. Sie hatte Frank zwar gesehen, ihm aber nichts davon gesagt, dass sie sich in ihrer Hütte treffen wollten.

»Komisch, vor einer halben Stunde war er noch im Wald«, sagte Rudolf.

»Wenn er schlau ist, dann wird er uns schon finden«, antwortete Maria und ihr war nicht wohl, weil sie die Krokodiler hatte anlügen müssen. Hoffentlich geht alles gut, dachte sie.

Als Olaf nach zehn Minuten tatsächlich mit Pfeilen und Bogen zurückkehrte, fuhren sie zur Ziegelei. Olaf sagte unterwegs: »War doch jemand im Nachbarhaus. Die Alte, die den ganzen Tag am Fenster hängt. Ich glaube, die hat mich gesehen, wie ich auf den Balkon geklettert bin.«

»Macht auch nichts«, sagte Kurt.

An der Steigung hielten sie an und Olaf fragte Kurt erregt: »Also, du glaubst wirklich, dass die heute kommen und das Lager ausräumen?«

»Ich hab so eine Ahnung«, antwortete Kurt.

»Menschenskind, deine Ahnungen möchte ich mal haben«, rief Peter und bohrte in der Nase.

»Und wenn es doch stimmt?«, fragte Hannes. »Könnte doch sein. Oder?«

»Auch wenn sie nicht kommen, was soll's«, sagte Maria, »dauernd auf dem Fest rumhocken ist auch nichts, ist doch nur was für die alten Herrschaften.«

Am Zaun mussten sie sich erneut eine Öffnung schaffen, durch die sie den Rollstuhl schieben konnten. Das war nicht mehr so schwierig, Kurt hatte ja sein Werkzeug in der Seitentasche des Rollstuhls. Sie brauchten ein paar Minuten, dann hatten sie im Zaun ein so großes Loch, dass sie den Rollstuhl ohne größere Mühe hindurchschieben konnten.

»So eine Idiotie«, sagte Maria, »in ein paar Wochen wird alles abgerissen und da machen die vorher noch alle Löcher dicht.«

Beinahe wäre Kurt umgekippt, weil Peter auf einen großen Ziegelbrocken gefahren war. Im letzten Moment konnte Olaf den Rollstuhl noch auffangen.

»Menschenskind, Kurt, du bist für uns ein Klotz am Bein«, sagte Peter, der sich über sich selber geärgert hatte, weil er so ungeschickt gewesen war.

»Guck dir das an«, sagte Olaf und hielt seiner Schwester seine Hände hin, »hab schon bald keine Fingernägel mehr, alles wegen dem Scheißdraht.«

»Aber Finger hast du noch … stell dich nicht so an, los jetzt«, rief Maria.

In der Trockenhalle und in ihrer Ziegelhütte fanden sie alles unverändert.

»Und jetzt?«, fragte Hannes. »Jetzt stehen wir da wie der Ochs vorm Berg.«

»Warten, nur warten«, beruhigte Kurt.

»Du bist gut«, antwortete Peter, »wie lange sollen wir denn noch warten, verdammt noch mal.«

»Was ist denn los«, rief Kurt, »bei euch muss immer

alles auf Kommando gehen, bei euch muss immer alles gleich passieren … so was wie Geduld kennt ihr überhaupt nicht.«

»Geduld«, fragte Otto, »was ist denn das?«

»Eine Mehlspeise zum Umhängen«, antwortete Maria schlagfertig und alle lachten.

Otto lief auf dem heißen Boden barfuß.

»Um sieben muss ich zu Hause sein«, maulte Peter.

»Was denn«, antwortete Olaf, »aber doch heute nicht beim Waldfest … und Ferien sind auch. Wenn du mit deinen Eltern in Urlaub gefahren wärst, müsstest du auch nicht um sieben zu Hause sein.«

»Wir sind aber nicht in Urlaub gefahren«, widersprach Peter.

Olaf, der seinen Kassettenrecorder am Rahmenbau seines Fahrrads mitführte, brachte ihn in die Hütte. Es war heiß und die Hitze zum Schneiden, sie flimmerte auf dem Hof.

»Zum Trinken haben wir nichts mitgenommen«, sagte Maria.

»Geh doch rüber in den Keller«, antwortete Olaf, »da gibt's genug, Schnaps und Wein und Bier …«

»Und vom Vater dann ein paar hinter die Ohren, wenn wir nach Hause kommen und nach Alkohol riechen«, erwiderte Maria.

»Stell doch die Musik leiser«, rief Kurt ungeduldig und holte sein Fernglas aus der Seitentasche des Rollstuhls.

Aber weit und breit war nichts zu sehen.

Doch plötzlich machte Kurt Armbewegungen, dass sie

sich alle still verhalten sollten, er hatte jemanden entdeckt, der auf einem Fahrrad den Zaun entlangfuhr. Er sah durch das Glas und sagte: »Es ist Frank.«

Kurt, Maria und Olaf sahen sich betreten an, auch Hannes senkte den Kopf.

»Wenn er bloß zu Hause geblieben wäre«, sagte Kurt leise, aber Peter hatte es doch gehört, er stieß ihn an und fragte: »Was ist denn los? Warum soll Frank denn nicht dabei sein?«

»Erkläre ich dir später«, antwortete Kurt. Und da war Frank auch schon in der Hütte und rief aufgebracht: »Ihr seid mir schöne Freunde ... ohne was zu sagen einfach abhauen.«

»Ich habe nach dir gesucht, habe dich aber nicht gefunden«, sagte Maria verlegen. »Mach jetzt kein Theater, setz dich her.«

Frank war beleidigt, er saß nur da und sagte nichts mehr. Er beteiligte sich später auch nicht am Bogenschießen.

Olaf hatte ein Brett geholt, an der Wand angebracht und mit einem Kugelschreiber Kreise darauf gemalt. Jeder durfte fünf Schuss abgeben. Nach dem ersten Durchgang führte Peter mit zwei Volltreffern, Maria hatte zur Schadenfreude aller ihre fünf Schüsse daneben gesetzt, zweimal traf sie nicht einmal das Brett.

Frank blieb stur in der Ecke sitzen und spielte den Beleidigten. Kurt hätte ihm gerne erklärt, warum seine Anwesenheit nicht erwünscht war, aber er konnte es nicht, denn würde sich sein Verdacht nicht bestätigen, dann wäre er gegenüber Frank im Unrecht und vielleicht seine Freundschaft los.

Auf einmal hörten sie Motorengeräusche.

»Das sind sie!«, rief Kurt aufgeregt.

Sie sahen einen VW-Kastenwagen, der den Feldweg vor der Ziegelei entlangfuhr.

»Du mit deinen Ahnungen«, sagte Peter zu Kurt grinsend, »kommt, lass uns weiterschießen.«

Als Willi, der vor Aufregung an seinen Fingernägeln gekaut hatte, als Nächster nach dem Bogen greifen wollte, flüsterte Kurt: »Seid still, ruhig jetzt, sie sind es, sie kommen … sie sind es wirklich.«

Alle waren sie auf Kommando still und starrten nur über den Hof auf das große Tor.

Tatsächlich, der VW-Kastenwagen fuhr vor das Eingangstor, das die Männer vom Sprengkommando so sorgfältig verschlossen hatten. Der Wagen fuhr mit der Rückseite an das Tor.

Der Wagen stand jetzt vor dem Tor, aber nichts bewegte sich. Kein Mensch war zu sehen, nur die Hitze flimmerte über dem Auto.

»Ein Geisterauto«, sagte Maria leise.

Und dann auf einmal waren drei Männer am Tor und machten sich an der Absperrung zu schaffen. Olaf riss Kurt aufgeregt das Fernglas aus den Händen.

»Was ist?«, flüsterte Maria.

»Die zerschneiden mit einer Drahtschere den Zaun«, antwortete Olaf.

Nun rissen sie sich gegenseitig das Fernglas aus den

Händen, um zu sehen, was am Tor passierte, aber noch kein Krokodiler hatte die Gesichter der drei Männer erkennen können.

Der Draht war durchgeschnitten und die drei gingen über den Hof direkt auf das Bürogebäude zu. Kurt, der endlich sein Fernglas wiederhatte, sah hindurch und sagte, als sei es die selbstverständlichste Sache der Welt: »Es sind Egon und Karli. Den anderen kenne ich nicht.«

»Nein!«, rief Frank.

Maria hielt ihm ihre Hand auf den Mund. »Bist du verrückt! Die können dich hören, wenn du so schreist«, flüsterte sie.

»Mein Bruder?«, fragte Frank ungläubig und erschreckt zugleich.

»Dein Bruder«, sagte Kurt. »Ich wusste es schon immer, ich wollte es bloß nicht glauben.«

»Karli ist dabei«, sagte Peter, »dabei ist sein Vater Polizist mit einem Porsche.«

Die drei jungen Männer verschwanden im alten Bürogebäude. Die Krokodiler sahen sich nur an, denn keiner wusste etwas zu sagen. Nur Frank flüsterte vor sich hin: »Mein Bruder.«

Die Krokodiler wagten in ihrem Versteck kaum zu atmen, sie sahen gebannt auf das alte Bürogebäude und niemand traute sich zu sprechen. Sie warteten gespannt darauf, was in den nächsten Minuten geschehen würde. Frank saß wieder in einer Ecke ihrer Hütte und rührte sich nicht. Nur seine Lippen bewegten sich, aber niemand konnte hören, was er vor sich hin sprach.

Wenige Minuten später kamen die drei Männer wieder aus dem Gebäude heraus, jeder trug Kartons über den Platz, stieg mit ihnen durch das Loch im Tor und stapelte die Kartons im Kastenwagen, dessen hintere Tür weit aufgeklappt war.

»Ich habe es immer gewusst«, flüsterte Kurt.

»Hast du vielleicht auch gewusst, dass mein Bruder dabei ist?«, rief Frank plötzlich aufgebracht.

»Sei doch nicht so laut«, zischte Maria.

»Ich habe es immer geahnt«, erwiderte Kurt.

Die drei Männer kehrten zum Bürogebäude zurück und wenige Minuten später traten sie mit Kartons wieder ins Freie und trugen sie zum Auto.

»Und was machen wir jetzt?«, fragte Olaf halblaut.

»Weiß auch nicht«, antwortete Kurt. »Hast du einen Vorschlag?«

Aber Olaf zuckte nur mit den Schultern.

Kurt hatte die fünf Pfeile auf seinen Beinen liegen und den Bogen in seinen Händen. Er spielte aufgeregt damit.

»Ich habe Angst«, sagte Hannes plötzlich.

»Vor wem denn?«, fragte Olaf.

»Wenn die uns entdecken, dann prügeln die uns windelweich«, sagte Hannes.

Als die drei Männer zum dritten Mal aus dem Gebäude herauskamen und ihre Kartons über den Hof trugen, sagte Kurt: »Jetzt haben wir endlich den Beweis.«

»Klar«, pflichtete ihm Olaf bei, »wer das Zeug wegschafft, der hat es auch gestohlen.«

Vom Wald herüber drang Musik. Das erinnerte sie

daran, dass das Fest noch im vollen Gang war. Sie sprachen wieder etwas lauter miteinander, zumal sie sahen, dass die drei sich völlig sicher fühlten und keine Ahnung hatten, dass sie beobachtet wurden.

Olaf fragte: »Was jetzt? Sollen wir auf den Hof hinauslaufen und zu den dreien sagen: Ihr seid die Einbrecher! Die können doch alles abstreiten. Kein Polizist wird uns glauben ... die können das Lager genauso zufällig entdeckt haben wie wir damals, was sagt das schon.«

»Klar«, sagte Kurt, »aber umbringen können sie uns auch nicht, und weil sie uns nicht umbringen können, sind wir Zeugen ... die Polizisten glauben uns schon, die haben ihre Methoden ... und dann ... meine Mutter glaubt mir, mein Vater glaubt mir, das ist die Hauptsache.«

»Mensch, Kurt, du bist ja ein richtiger Krimineller«, sagte Peter.

»Kriminaler heißt das«, antwortete Olaf, »und hör jetzt endlich auf in der Nase zu bohren.«

»Bin ich nicht, Kriminaler«, antwortete Kurt, »ich habe nur mehr Zeit als ihr. In meinem Rollstuhl habe ich eben mehr Zeit, Leute zu beobachten und kann mir meine Gedanken über sie machen ...«

Die drei Männer fühlten sich offensichtlich sicher, denn sie sahen sich kein einziges Mal misstrauisch um. Auch die beiden im Keller versteckten Fahrräder hatten sie zum Auto gebracht.

Dann passierte etwas, womit keiner rechnen konnte. Die italienischen Kinder, die sie einmal im Wald an ihrer

Hütte verjagt hatten, liefen an der Umzäunung entlang. Sie redeten laut, sangen und lachten und spielten Fangen. Olaf fluchte leise vor sich hin. Er war der Ansicht, die Makkaronifresser könnten ihnen jetzt alles verderben.

Als die drei Männer wieder aus dem Haus traten, hörten sie auch die Kinder. Sofort traten sie in den dunklen Flur zurück und warteten.

Die Kinder waren am VW-Transporter angekommen, blieben stehen. Sie sahen sich neugierig um.

»Bin gespannt, was die jetzt machen werden«, flüsterte Olaf.

»Wisst ihr was«, sagte Kurt, »ich rolle mich jetzt mal allein über den Hof, mal sehen, was dann passiert.«

»Bist du verrückt?«, rief Maria und stellte sich neben Kurt, um ihn festzuhalten. »Wenn dich die drei sehen, dann wissen sie doch, dass du nicht allein hier bist, die wissen doch, dass du unmöglich allein auf das Gelände fahren kannst«, sagte sie erregt.

»Bleib hier, verdammt noch mal«, stimmte Olaf zu, »du verrätst uns alle. Maria hat schon Recht.«

Frank saß niedergeschlagen in seiner Ecke. Er konnte immer noch nicht begreifen, dass sein Bruder einer der Einbrecher war.

Die Krokodiler saßen und standen in ihrer Hütte und starrten gebannt auf den Hof. Sie rissen sich wieder gegenseitig das Fernglas aus den Händen, um alles besser beobachten zu können, vor allem, was die Italienerkinder im Schilde führten.

Auf einmal hörten sie, wie die Kinder sich aufgeregt unterhielten. Sie hatten die aufgeklappte Tür am VW entdeckt und gesehen, was im Innern des Wagens gestapelt lag. Sie stürzten sich darauf. Jeder nahm sich aus dem Transporter, was er tragen konnte. Ein Mädchen mit langen schwarzen Zöpfen ergriff eines der beiden Fahrräder und fuhr lachend weg.

In diesem Augenblick stürzte Karli aus dem dunklen Flur, gleich darauf Egon. Sie rannten zu ihrem Auto, schrien und drohten den Kindern. Als die Kinder die beiden Männer heranlaufen sahen, rannten sie weg. Ein kleiner Junge war so erschrocken über das plötzliche Auftauchen von Egon und Karli, dass er seine Beute, Zigaretten und Flaschen, fallen ließ und fortrannte. Egon und Karli liefen brüllend und drohend hinter den Kindern her.

»Das ist doch zu komisch«, sagte Kurt auf einmal, »die Italiener klauen sich etwas, was schon von anderen gestohlen worden ist.«

Die Kinder liefen über die Felder, was die Beine hergaben, das Mädchen mit den langen schwarzen Zöpfen war mit dem gestohlenen Fahrrad wie der Teufel die schmale Straße heruntergerast.

Egon und Karli hatten die Kinder bis an den Waldrand verfolgt, ohne jedoch eines zu erwischen. Weiter trauten sich die beiden nicht, weil sie sonst fürchten mussten, von Besuchern des Waldfestes gesehen zu werden. Sie kehrten wieder um.

Die Italienerkinder waren verschwunden.

Die drei Einbrecher hatten es nun eilig, den Keller zu leeren. Fluchend rannten sie hin und her. Etwa eine halbe

Stunde ging das noch. Kein Krokodiler wagte sich aus seinem Versteck.

»Ganz schön blöd sind wir, dass wir da hocken bleiben und uns vor Angst in die Hose machen«, sagte Kurt.

»Was sollen wir sonst machen?«, fragte Olaf.

»Sollten wir vielleicht zur Polizei gehen und die drei anzeigen?« Und leise fügte er hinzu, dass es Kurt und Maria hören konnten: »Jetzt, wo Franks Bruder dabei ist.«

Willi kaute aufgeregt an seinen Fingernägeln.

»Darf er deswegen einbrechen, nur weil er Franks Bruder ist?«, antwortete ihm Maria. »Denk doch mal, es sind Fremde, ganz Fremde, die wir nicht kennen, was wäre dann?«

»Es sind aber keine Fremden«, sagte Kurt, »es ist Franks Bruder. Entweder wir müssen alle anzeigen, also auch Egon, oder gar keinen.«

»Eine schöne Scheiße ist das«, sagte Olaf mutlos.

Die Krokodiler hockten herum wie ein Häufchen Elend. Keiner hatte eine Idee.

Und während sie so dasaßen, vor sich hin dösten und nicht wussten, was sie machen sollten, rollte sich Kurt, ohne dass es einer bemerkte, aus der Hütte in den Hof. Draußen wartete Kurt erst ein paar Sekunden, um sich an das grelle Sonnenlicht zu gewöhnen. Er war sich überhaupt nicht im Klaren darüber, was er eigentlich wollte. Er hatte es ganz einfach nicht mehr im Haus ausgehalten.

Die Krokodiler bemerkten Kurts Verschwinden erst, als er sich schon langsam, an den beiden großen Rädern schiebend, über den Hof rollte.

Sie waren starr vor Schreck. Maria wollte ihn zurückrufen, hielt sich aber die Hand vor den Mund. Alle standen nur da und sahen auf den Hof und warteten, denn irgendwas musste jetzt passieren.

»Der Kurt ist verrückt«, sagte Frank, der aus seiner Niedergeschlagenheit aufgewacht war.

Und da sahen sie Egon aus dem leeren Flur treten, hinter ihm Karli, jeder wieder mit einem vollen Karton in beiden Händen. Egon blieb wie angewurzelt stehen. Er stieß Karli an, auch der dritte Mann trat aus dem dunklen Flur auf den Hof.

Kurt war etwa zwanzig Meter von den anderen entfernt. Auch er hielt seinen Rollstuhl an, auch er wusste nicht, was jetzt zu tun war. Er war hilflos. Er konnte nicht einmal, wenn es darauf ankam, weglaufen.

Egon setzte langsam den Karton zwischen seine Füße. Auch er war so verblüfft über Kurts Auftauchen, dass er vergaß, seinen Mund zu schließen.

Langsam, mit hängenden Armen, schlurfte er auf Kurt zu. Die beiden anderen folgten ihm.

Einer plötzlichen Eingebung folgend, griff Kurt neben sich und nahm den Bogen, der an seinem Griff des Rollstuhls hing. Er nahm einen Pfeil und legte ihn ein. Er zog die Sehne des Bogens etwas an und rief Egon zu: »Wenn du näher kommst, dann schieß ich dir den Pfeil in den Bauch. Da sind Eisenspitzen dran.«

Egon war von der unerwarteten Entschlossenheit Kurts so überrascht, dass er tatsächlich stehen blieb und ihn nur ansah wie eine Erscheinung.

Dann sagte Egon: »Da schau an, der Krüppel aus der Silberstraße.« Und dann schrie er: »Hau ab! Zieh Leine! Sonst passiert was!«

Karli war neben Egon getreten, der Dritte stand hinter ihnen. Alle drei starrten Kurt an. Auf ihren Gesichtern war zu lesen, dass sie überlegten, was sie mit Kurt machen sollten. Sie standen jetzt etwa zehn Meter von Kurt entfernt. Der hielt seinen Bogen mit dem eingelegten Pfeil fest und zog manchmal die Sehne etwas an, als wollte er den Pfeil jeden Augenblick abschießen.

»Hau endlich ab, du Krüppel!«, rief Egon. »Sonst passiert was mit dir.«

Kurt war den Tränen nahe. Er rief zurück: »Wenn du noch einmal Krüppel zu mir sagst, dann schieße ich dir den Pfeil in den Bauch, du Einbrecher!«

»Wer ist denn eigentlich der Gartenzwerg?«, fragte der Dritte, den Kurt nicht kannte, belustigt.

»Ach, das ist der Krüppel aus der Nachbarschaft«, antwortete Egon.

Da spannte Kurt den Bogen, schoss und traf Egon in den Oberschenkel.

Der Pfeil blieb stecken.

Egon schrie vor Schmerzen wie ein Tier. Er wollte sich auf Kurt stürzen, hielt inne und tanzte auf der Stelle mit angezogenem Bein. Er jammerte und versuchte den Pfeil aus dem Bein zu ziehen, aber wenn er einen Versuch machte, schrie er noch lauter vor Schmerzen.

Kurt hatte sofort wieder einen Pfeil in den Bogen gelegt. Er war entschlossen, jetzt, wo er sich allein verteidigen musste, auf den zu schießen, der sich ihm näherte, und er schrie Karli an, der ein paar Schritte auf ihn zugegangen war: »Wenn du noch einen Schritt machst, dann geht es dir wie Egon. Bleib stehen, sag ich dir, oder zischt ab jetzt.«

Egon war es endlich gelungen den Pfeil aus seinem Oberschenkel zu ziehen. Die Wunde blutete. Er humpelte auf das Auto zu, um Verbandsmaterial zu holen und sich zu verbinden.

Karli zögerte, er hatte plötzlich Respekt vor Kurts Pfeilen. Er wusste, dass Kurt nicht bluffte.

Auf einmal grinste Karli Kurt an. Er war die Freundlichkeit selber, und während Kurt noch rätselte, was das zu bedeuten haben könnte, erhielt er einen so heftigen Stoß, dass er auf den Hof rollte. Er hatte nämlich nicht bemerkt, dass der dritte Mann hinter ihn getreten war.

Kurt war so überrascht, dass er vor Schreck vergaß, die Bremsen am Rollstuhl anzuziehen. Der Rollstuhl bekam so viel Fahrt, dass er umzukippen drohte.

Kurt sah die Wand des Bürogebäudes immer schneller und drohender auf sich zukommen.

Er schrie.

Und dann knallte der Rollstuhl gegen die Mauer. Der Aufprall war so heftig, dass der Rollstuhl einen halben Meter zurückstieß und dann umkippte.

Kurt stürzte kopfüber auf den Betonboden.

In diesem Augenblick rannten die Krokodiler aus der Trockenhalle über den Hof. Sie brüllten vor Wut so laut, als wären sie ein paar hundert.

Noch im Laufen hoben sie Steine vom Boden und schleuderten sie auf die Einbrecher.

Egon war nicht mehr auf den Hof zurückgekehrt, er verband sich seinen Oberschenkel im Auto. Die Krokodiler warfen ihre Steine vor allem auf den Mann, der Kurt an die Wand gestoßen hatte.

Die beiden Männer waren vom unvermuteten Auftauchen der Krokodiler so überrascht, dass sie Hals über Kopf zum Auto rannten, in das Führerhaus zu Egon sprangen und davonfuhren.

Die Krokodiler warfen dem abfahrenden Auto Steine hinterher, trafen aber nicht.

Maria und Hannes waren direkt zu Kurt gelaufen. Maria hatte sofort den Rollstuhl aufgerichtet, war aber auch gemeinsam mit Hannes zu schwach, Kurt wieder in den Stuhl zu heben.

Kurt lag verkrümmt auf dem Boden und jammerte leise vor sich hin.

Olaf und Frank halfen mit, ihn in den Stuhl zu setzen. Maria sagte immer nur: »Dass du noch lebst … diese Schweine … diese Schweine …«

Maria feuchtete mit Speichel ihr Taschentuch an und reinigte Kurt die Stirn. Aus einer kleinen Wunde tropfte Blut. Maria klopfte mit Theos Schottenmütze Kurts Kleider sauber.

»Das werden sie uns büßen, diese Schweine«, rief Olaf. »Jetzt zeigen wir sie an. Sich an einem Wehrlosen vergreifen … wir zeigen sie an! Auch wenn Franks Bruder dabei ist, das ist mir jetzt egal.«

Frank, der sich mit Maria um Kurt kümmerte, sagte nichts, aber Tränen liefen über seine Wangen.

»Erzählt bloß meinen Eltern nicht, wie es passiert ist«, sagte Kurt, »sonst darf ich nie wieder mit. Erzählt einfach, im Wald sei mir ein Ast ins Gesicht geschlagen.«

»Das kriegen wir schon irgendwie hin«, beruhigte ihn Maria.

Dann fuhren sie vom Gelände.

Am Waldrand prüfte Olaf genauestens den Rollstuhl, ob sich vielleicht Kratzer finden ließen. Die Wunde auf Kurts Stirn hatte aufgehört zu bluten. Sie sah nun wirklich wie eine harmlose Schramme aus, die von einem streifenden Ast stammen konnte. Sie waren erleichtert. Auch am Rollstuhl fanden sich keine Schrammen oder Kratzer.

Sie liefen den Weg durch den Wald.

Als sie am Festplatz ankamen, spielte eine Feuerwehrkapelle, aber niemand von den Krokodilern fand seine Eltern. Sie waren längst nach Hause gegangen.

Olaf fuhr mit Bogen und Pfeilen voraus. Er versteckte sich in den Ziersträuchern hinter Kurts Haus, und als er sicher sein konnte, dass ihn niemand bemerkte, warf er Bogen und Pfeile auf den Balkon.

Er ging wieder auf die Straße zurück, wo mittlerweile Maria und Hannes den Rollstuhl vor die Haustür geschoben hatten.

»Ich glaube nicht, dass mich einer gesehen hat«, sagte Olaf.

»Und jetzt?«, fragte Maria.

Sie sahen Maria an. Auch Kurt wusste nicht recht, was ihre Frage sollte.

Weil ihr niemand eine Antwort gab, fragte sie noch einmal: »Was ist jetzt? Ich meine, wir wissen jetzt, wer die Einbrecher sind. Wir können doch jetzt nicht so tun, als ob überhaupt nichts passiert ist.«

Olaf antwortete zögernd: »Ja, wir wissen, wer die Einbrecher sind.«

»Und wer Kurt mit seinem Rollstuhl an die Wand gestoßen hat … Kurt hätte kaputt sein können«, warf Hannes ein. Er war empört.

»Auch mich kommt's doch nicht an«, wehrte Kurt ab.

»Jetzt kommt es nur auf dich an«, erwiderte Hannes, »nur auf dich … tot hättest du sein können … nur weil wir mal wieder zu feige waren und uns nicht aus der Hütte getraut haben.«

Da kam Kurts Mutter aus dem Haus.

Sie wollte ihnen Vorwürfe machen, weil sie so spät nach Hause gekommen waren. Dann bemerkte sie die Schramme an Kurts Stirn, aber Maria sagte schnell: »Ist nichts Ernstes. Wir haben nicht aufgepasst, da ist Kurt ein Ast ins Gesicht geschlagen.«

Hannes und Olaf nickten zustimmend. Auch Kurt.

»Du brauchst dir keine Sorgen zu machen«, sagte er zu seiner Mutter.

»Komm rein jetzt«, sagte seine Mutter.

»Gleich, Mutter, wir haben noch was zu bereden.«

»Was ihr immer zu bereden habt«, maulte sie, ging dann aber doch ins Haus, und als sie die Haustüre hinter sich geschlossen hatte, sagte Hannes: »Also, wenn ihr mich fragt, ich wäre gegen eine Anzeige gewesen, weil Franks Bruder dabei ist, aber jetzt nicht mehr, was sich heute abgespielt hat ... tot hätte er sein können.«

»Ich bin aber nicht tot«, sagte Kurt.

»Ihr meint also: anzeigen?«, fragte Olaf.

»Anzeigen«, antwortete Maria und Hannes nickte heftig.

»Und wer macht es? Wer geht zur Polizei?«, fragte Olaf wieder und sah einen nach dem anderen eindringlich an.

»Wartet doch mal«, warf Kurt ein, »nichts überstürzen. Ich mach euch einen anderen Vorschlag. Morgen treffen wir uns alle in unserer Hütte und beraten, was wir machen sollen ... fahrt bei den anderen vorbei und sagt es ihnen. Es ist wichtig, dass Frank dabei ist ... Frank muss unbedingt dabei sein ... der kann uns sagen, was sein Bruder zu Hause erzählt hat.«

»Du kannst doch nicht verlangen«, erwiderte Olaf zweifelnd, »dass Frank gegen seinen Bruder stimmt, das kann doch keiner von uns verlangen.«

»Er braucht doch nicht gegen seinen eigenen Bruder zu stimmen, aber wir sollten nichts hinter seinem Rücken beschließen, das wäre unfair, er muss auf jeden Fall zuerst erfahren, was wir vorhaben, was wir beschließen werden.«

»Damit er zu seinem Bruder geht und alles brühwarm erzählt«, sagte Olaf. »So wohl ist mir bei der Sache nicht.«

Dann rollten sie Kurt über die Rampe ins Haus. Im Flur aber machte Kurt auf Olafs Rücken Huckepack. Es klappte so gut wie mit Kurts Mutter.

»Ihr müsst das nächste Mal etwas besser aufpassen, der Ast hätte Kurt leicht ins Auge treffen können«, sagte die Mutter an der Wohnungstür.

Die drei machten ein zerknirschtes Gesicht. Kurt grinste ihnen heimlich zu. Dann gingen sie.

Am nächsten Morgen ging über der Stadt ein heftiges Gewitter nieder. Kurt saß am Fenster und sah hinaus, ob es bald wieder aufklaren würde, denn sonst konnten sie sich nicht wie ausgemacht in ihrer Hütte auf dem Ziegeleigelände treffen.

Als er sich in die Küche schob mit seinem Rollstuhl, saß sein Vater beim Frühstück, er hatte Mittagsschicht und las in der Zeitung.

Kurt wollte seinem Vater die Zeitung aus der Hand nehmen, aber der wehrte ab. Er sagte: »Die Italiener sind nun doch die Einbrecher ... stiften ihre Kinder zum Klauen an ... ausweisen sollte man sie ... dann ist Ruhe.«

Kurt fragte: »Wovon redest du denn?«

»Von den Einbrechern ... sind endlich erwischt worden, Italiener waren es ... Kinder ... gestern Abend hat die Polizei in der Vorstadt sechs Kinder erwischt, hatten Schnaps und Zigaretten bei sich und ein neues Fahrrad, das aus den Einbrüchen stammt ... ganz einwandfrei aus den Einbrüchen ... steht in der Zeitung ... aber wahrscheinlich waren es die Kinder gar nicht allein ... man kennt das doch ... die Alten haben die Kinder nur angestiftet.«

»Ja und?«, fragte Kurt.

»Was und«, erwiderte sein Vater unwirsch. »Ist doch klar, als sie geschnappt wurden, haben sie alle kein Deutsch verstanden ... wie bei der Arbeit in der Fabrik, wenn sie nicht verstehen wollen, dann verstehen sie einfach nicht, wenn ihnen die Arbeit nicht passt, meine ich.«

Kurt erhielt nun doch die Zeitung von seinem Vater gereicht. Aus dem Artikel erfuhr er nicht viel mehr, als sein Vater ihm schon gesagt hatte. Ein Bild von den Kindern fand er in der Zeitung und er erkannte das Mädchen mit den langen schwarzen Zöpfen wieder. Die Kinder, so las er, hatten gegenüber der Polizei angegeben, dass sie die Sachen aus einem Auto mitgenommen hatten. Das Auto habe irgendwo auf dem Feldweg gestanden mit offenen Türen und das Fahrrad habe am verlassenen Auto gelehnt.

Die Polizei glaubte den Kindern nicht, im Gegenteil, sie hatte einen Hausdurchsuchungsbefehl erwirkt, die Wohnungen ihrer Eltern durchsucht, aber nichts gefunden.

Das Diebesgut wurde von der Polizei sichergestellt. Die Kinder wurden wieder nach Hause geschickt, aber die Polizei ermittelte weiter.

Kurt wusste, dass die Polizei die Falschen aufgegriffen hatte, denn die Kinder hatten nur das geklaut, was längst gestohlen worden war. Und Kurt wusste auch, dass die Kinder die Sachen nicht verkaufen wollten.

Er fragte seinen Vater: »Sag mal, Vater, wenn jemand etwas stiehlt, das vorher schon gestohlen worden ist, ist das dann auch Diebstahl?«

»Also, Fragen hast du vielleicht.«

»Ich meine nur, ist das dann auch strafbar?«, fragte Kurt weiter.

»Hör auf, so was gibt's doch nicht«, sagte der Vater.

»Das komm nur davon, weil du immer solche Bücher liest«, sagte seine Mutter, die in die Küche getreten war und zugehört hatte, »das muss dich ja auf solche Ideen bringen.«

»Aber möglich wäre es doch, dass jemand etwas klaut, das ein anderer schon geklaut hat«, bohrte Kurt weiter.

Kurts Mutter überlegte eine Weile und sagte dann: »Möglich wäre es schon. Warum eigentlich nicht.«

»Ich meine, Mutter, kann der bestraft werden, der etwas klaut, was schon von einem andern geklaut worden ist?«, fragte Kurt wieder.

Draußen ließ der Regen nach.

»Es wird wieder heiß heute«, sagte sein Vater, »und ich muss wieder den ganzen Tag den Schweißapparat in der Hand halten.«

»Ob der bestraft werden kann? Natürlich kann er. Aber frag lieber deinen Vater«, meinte die Mutter.

»Hör jetzt auf mit dem dummen Zeug«, sagte der Vater ungeduldig. »Es waren diese Kinder, damit basta.«

»Aber wenn sich die Polizei irrt«, sagte Kurt.

»Die Polizei irrt sich nicht. Und jetzt hör auf mit dem Unsinn«, antwortete der Vater.

»Vielleicht war doch alles nur ein dummer Zufall«, ließ Kurt nicht locker, »und die Kinder sind wirklich unschuldig. Die Polizei hat sich schon oft geirrt.«

»Was Kurt sagt, da ist schon was dran«, sagte seine

Mutter, »schließlich können die Kinder doch nicht in Geschäfte einbrechen. Dazu sind sie viel zu klein.«

»Zu klein. Wenn ich das schon höre ... zu klein. Dann waren es eben die Eltern von den Kindern ... wo sollen denn die Kinder die Sachen herhaben ... sind bestimmt nicht vom Himmel gefallen ... und jetzt lasst mich in Ruhe. Ich geh in den Keller die Regale aufräumen.«

Gleich darauf klingelte es. Es war Frank.

Frank druckste herum, er wollte nicht mit der Sprache heraus. Erst als sie allein in Kurts Zimmer waren, sagte er endlich: »Ihr wollt heute Nachmittag in die Hütte und abstimmen, ob ihr meinen Bruder anzeigt. Ich muss dabei sein.«

»Hast du deinen Bruder heute schon gesehen?«, fragte Kurt.

»Ja. Er ist nicht zur Arbeit gegangen. Er ist zum Arzt, er humpelt ... du hättest ihm auch in den Bauch schießen können, sogar ins Auge.«

»Und was hätte dein Bruder mit mir gemacht, wenn ich mich nicht gewehrt hätte?«, fragte Kurt.

Frank schwieg, er stand vom Stuhl auf und wanderte unruhig durch das Zimmer. Dann sagte er: »Ihr könnt doch nicht einfach meinen Bruder anzeigen.«

»Warum nicht? Hast du auch einmal an die Italienerkinder gedacht? Was ist mit denen? Die stehen heute ganz groß in der Zeitung, dass sie die Diebe und Einbrecher sind. Denk doch mal nach«, sagte Kurt.

»Mein eigener Bruder, das darf doch nicht wahr sein«, murmelte Frank vor sich hin.

»Es ist aber wahr. Leider.«

»Ihr könnt ihn doch nicht einfach anzeigen. Er wird eingesperrt, das ist doch klar ... mein Vater schlägt ihn tot, wenn er es erfährt«, sagte Frank und er war dem Weinen nahe.

»Sollen vielleicht die Italienerkinder für ihn eingesperrt werden?«, fragte Kurt und sah Frank groß an.

»Wenn mein Vater mal in Wut ist, der schlägt Egon kurz und klein ... vielleicht verliert Egon noch seine Arbeitsstelle ... vielleicht kriegt er nie mehr eine Arbeit.«

»Komm heute Nachmittag in die Hütte, da werden wir alles besprechen ... du musst kommen, verstehst du«, sagte Kurt.

»Du bist gut. Soll ich vielleicht dafür stimmen, dass mein Bruder eingesperrt wird? Das könnt ihr doch nicht von mir verlangen.«

»Nein, das verlangt auch keiner, aber wir wollen nichts hinter deinem Rücken tun«, sagte Kurt langsam und eindringlich.

Als Frank gegangen war, hätte Kurt vor Wut losheulen können. Er wollte weg, sich mit den anderen Krokodilern unterhalten. Aber er war an seinen Stuhl gefesselt. Und als wenige Minuten später seine Mutter ins Zimmer trat, sagte sie direkt: »Also raus mit der Sprache. Das mit dem streifenden Ast habe ich euch gestern sowieso nicht geglaubt. Vom Ast eine Schramme, die sieht anders aus ... los, erzähl schon, was los war«, forderte sie ihren Sohn energisch auf.

Kurt begann stockend, dann aber berichtete er seiner

Mutter genau, was sich gestern, als sie das Fest verlassen hatten, abgespielt hatte. Und als er mit seinem Bericht fertig war, sagte er noch: »Die Italiener waren es nicht, sie sind unschuldig, die haben nur geklaut, was die anderen schon geklaut hatten.«

Seine Mutter saß lange da und sagte nichts. Sie schüttelte immer wieder den Kopf. Schließlich sagte sie: »Eine schöne Bescherung ist das … eine schöne Bescherung.«

»Was sollen wir denn jetzt machen, Mutter, was denn? Wenn wir die drei nicht anzeigen, dann sperren sie die Italiener für etwas ein, das die gar nicht gemacht haben. Und zeigen wir die drei an, dann verlieren wir Frank und Frank ist ein prima Kerl.«

»Frag deinen Vater«, sagte sie und zuckte hilflos die Schultern.

»Vater soll nichts davon wissen, erzähl ihm bitte nichts«, sagte Kurt.

»Du kannst das nicht mehr geheim halten, er wird es doch erfahren, so oder so, warum willst du ihm das verschweigen«, antwortete sie.

»Was würdest du tun?«, fragte Kurt fast bettelnd.

»Anzeigen … würde ich sagen … aber berate dich mal mit den anderen. Vielleicht fällt euch was ein, dass die Italienerkinder wieder aus der Sache herauskommen und dass ihr Franks Bruder doch nicht anzeigen müsst … aber Einbruch ist nun mal Einbruch … Diebstahl ist nun mal Diebstahl.«

Beim Mittagessen hatte Kurt keinen Hunger, er aß aber doch noch widerwillig ein paar Löffel Suppe, sonst hätte sich seine Mutter wieder Sorgen gemacht und ihn vielleicht nicht aus dem Haus gelassen. Seinem Vater erzählte er nichts.

Am frühen Nachmittag kamen Maria und Hannes, um ihn abzuholen. Auf dem Weg zur Ziegelei erzählte er von seinem Gespräch mit Frank und dass er seine Mutter in alles eingeweiht habe. Es sei besser, wenn endlich ein Erwachsener alles wisse.

Als sie an der Hütte ankamen, waren die Krokodiler vollzählig versammelt. Frank saß wie ein Häufchen Elend auf seinem Platz.

Olaf sagte: »Ich war heute Vormittag schon einmal hier, gleich nach dem Regen. Ich war drüben im Keller. Da sind noch eine Menge Sachen drin, und die Kartons vor dem Haus, die sie vergessen haben, habe ich in den Flur gestellt.«

Es stellte sich dann heraus, dass auch Frank den Krokodilern von dem Gespräch mit Kurt am Vormittag erzählt hatte, sodass sie gleich zur Abstimmung kommen konnten.

Olaf stellte sich breitbeinig inmitten der Hütte auf und fragte: »Also, wer ist für anzeigen?«

Alle hoben die Hand bis auf Frank, und, womit keiner gerechnet hatte, auch Kurt hob seine Hand nicht.

»Du auch nicht?«, fragte Hannes.

»Nein … wir sollten«, stotterte Kurt und wusste in diesem Augenblick nicht, was er sagen sollte.

»Gerade du solltest dafür sein nach allem, was sie dir angetan haben und was Egon zu dir gesagt hat«, sagte Olaf. »Tot könntest du sein, jawohl.«

»Aber das hat doch jetzt nichts mit mir zu tun«, wehrte Kurt ab. Es war ihm peinlich, dass die Entscheidung davon abhängig gemacht werden sollte, wie die Einbrecher sich ihm gegenüber verhalten hatten.

»Schweine sind das«, rief Maria. »Man vergreift sich nicht an einem Wehrlosen, deshalb müssen wir sie anzeigen … sich an einem Wehrlosen vergreifen …«

Da sprang plötzlich Frank auf, alle waren überrascht, und schrie: »Diese Hunde, anzeigen! Nichts wie anzeigen, das sollen sie büßen!« Und dann weinte Frank haltlos und fiel auf die Bank zurück.

Es schüttelte ihn, so weinte er.

Die Krokodiler warteten, bis er sich beruhigt hatte. Dann sagte Kurt: »Hört mal her, ich habe einen anderen Vorschlag. Wir machen es ganz anders. Wir ziehen jetzt alle zum Polizeiposten in die Wilhelmstraße und erzählen der Polizei, was wir gestern gesehen haben, was wir beobachtet haben. Dass nämlich die italienischen Kinder nichts mit der Sache zu tun haben, mit den Einbrüchen. Wir sagen einfach, wir haben die Einbrecher gesehen, wie sie die Sachen aus dem Keller geholt haben, aber wir haben keinen erkannt. Das sagen wir.«

Die Krokodiler waren von Kurts Vorschlag verblüfft. Nach längerer Beratung schien er ihnen einzuleuchten; sie gaben der Polizei einen Tip und verrieten niemanden. Nur Frank rief weiter: »Was soll das jetzt. Anzeigen müssen wir sie, jawohl, auch wenn mein eigener Bruder dabei ist. Tot könnte der Kurt sein.«

»Ich bin aber nicht tot«, erwiderte Kurt.

Dann versuchte Olaf zu vermitteln: »Also passt auf. Was Kurt gesagt hat, das finde ich nicht einmal so schlecht. Fragt sich nur, ob uns die Polizei das glaubt.«

»Warum nicht. Wir können doch sagen, dass wir drei junge Männer gesehen haben, die Sachen aus dem Keller geholt haben und in den VW getragen haben, und dann sind sie einfach Hals über Kopf abgehauen, als sie uns bemerkt haben ... Erkannt haben wir sie nicht ... Dann haben wir die drei nicht angezeigt und den Itakern können sie auch nichts mehr ans Zeug flicken«, sagte Kurt.

»Gut«, rief Olaf, »so machen wir's.«

Die Krokodiler folgten ihrem Anführer nur zögernd. Sie waren nicht ganz davon überzeugt, dass Kurts Vorschlag richtig war.

Es waren etwa zwei Kilometer bis zur Polizeiwache in der Wilhelmstraße. Unterwegs sprachen sie kaum etwas miteinander. Sie waren bedrückt. Und als sie vor der Polizeiwache standen, es war ein altes graues Haus, das hinter einem halb verwilderten Garten etwas versteckt lag, da verließ sie ihr Mut.

Es war schon ein seltsamer Anblick, wie die Krokodiler sich da vor den Stufen der Polizeiwache aufstellten, Kurt in seinem Rollstuhl ganz vorne.

Maria fragte: »Wer geht rein?«

»Ich gehe rein«, sagte Olaf entschlossen.

Die Krokodiler blieben in ihrer Reihe stehen und warteten. Es schien ihnen eine Ewigkeit zu vergehen, bis sich an einem Fenster im Erdgeschoss zwei Polizisten sehen ließen. Sie starrten auf die Krokodiler, als ob sie Tiere in einem Zoo wären.

Dann verschwanden die Polizisten vom offenen Fenster und eine Minute später traten zwei Uniformierte aus der Tür. Sie stellten sich vor den Krokodilern auf, Olaf war hinter ihnen hergekommen. Der ältere, etwas beleibte Polizist fragte sie: »So, ihr habt gesehen, dass die italienischen Kinder die Sachen aus einem VW-Transporter genommen haben. Und der VW-Transporter war am Eingang der alten Zieglei geparkt.«

»Jawohl«, antworteten die Krokodiler wie auf ein Kommando. Doch Kurt fügte hinzu: »Es war kein VW-Transporter, es war ein VW-Kastenwagen.«

»Aha«, sagte der beleibte Polizist, »ein ganz Genauer. Also es war ein VW-Kastenwagen.«

»Jawohl«, sagten wieder alle wie auf ein Kommando.

Dann ging der Polizist auf Kurt zu und fragte:

»Kannst du nicht laufen?«

Maria antwortete schnippisch: »Glauben Sie, der sitzt zu seinem Vergnügen im Rollstuhl?«

»Na na, junge Dame, warum denn gleich so borstig«, sagte der Polizist lächelnd, »war ja nur eine Frage.«

»Wir können alles beschwören, was wir gesehen haben«, sagte Peter und zupfte sich an der Nasenspitze.

Die beiden Polizisten sahen sich die Krokodiler noch einmal genau an, dann sagte der jüngere von beiden: »Na, dann kommt mal mit rein in die gute Stube.«

Maria deutete auf Kurt: »Und was machen wir mit ihm?«

»Der muss auch mitkommen«, sagte der ältere Polizist.

»Und wie?«, fragte Maria.

Die Krokodiler standen vor dem Polizeiposten und grinsten. Die beiden Polizisten sahen sich ratlos an. Der jüngere von ihnen sagte schließlich: »Reintragen natürlich.«

»Na, dann tragen Sie mal«, antwortete Maria. »Haben sie keine Auffahrrampe für einen Rollstuhl? Kommen zu Ihnen nur Gesunde?«

Die beiden Polizisten waren immer noch ratlos und Maria fragte wieder: »Wenn nun einer kommt und eine Aussage machen will und in einem Rollstuhl sitzt, was macht ihr denn mit dem?«

»Vernehmung im Garten«, sagte Olaf und die Krokodiler grinsten.

»Macht jetzt keine Faxen«, rief der ältere Polizist, »kommt rein ... den tragen wir.«

Zögernd näherten sich beide Polizisten Kurt, dann hoben sie ihn gemeinsam aus seinem Rollstuhl und trugen ihn die Treppe hinauf in das Büro. Der Jüngere kehrte noch einmal um und trug mit Olaf den Rollstuhl in das Gebäude. In der Wachstube wurde Kurt wieder hineingesetzt.

Die Polizisten nahmen ein Protokoll auf.

Olaf erzählte, die Krokodiler nickten nur.

Olaf erzählte, dass sie die Einbrecher zwar gesehen, aber nicht erkannt hätten. Er berichtete ausführlich, wie die italienischen Kinder zu den Sachen gekommen waren. Zum Schluss, weil die Polizisten dreinsahen, als wollten sie ihm nicht glauben, sagte Olaf, dass im Keller des alten Bürogebäudes auf dem Ziegeleigelände eigentlich noch eine Menge Diebesgut sein müsste.

Ein Peterwagen mit zwei Polizisten wurde weggeschickt, um das, was Olaf erzählt hatte, zu überprüfen.

Dann warteten sie auf die Rückkehr des Streifenwagens. Die Krokodiler saßen auf einer langen Holzbank in der Wachstube.

Sie brauchten nicht lange zu warten, die Polizisten des Streifenwagens meldeten sich telefonisch und bestätigten, was Olaf ausgesagt hatte. Der Beamte in der Wachstube nickte immer nur am Telefon und sah zu den Kindern auf der Bank.

»Ja, ja«, sagte der Beamte ins Telefon, »ist klar, wir schicken sofort die Spurensicherung. Ende.«

Er stand auf und stellte sich breitbeinig vor die Krokodiler hin.

»Alle Achtung, habt ihr gut gemacht. Soweit wir das bis jetzt überblicken können, stimmt alles, was ihr zu Protokoll gegeben habt … na ja, dann werdet ihr ja wohl auch die Belohnung bekommen, wenn wir die Einbrecher gefasst haben.«

»Können wir jetzt gehen?«, fragte Olaf.

»Natürlich könnt ihr jetzt gehen.« Der Polizist fragte noch seinen Kollegen an der Schreibmaschine: »Haben wir auch die Adressen der Kinder?«

»Haben wir.«

»Gut, dann könnt ihr jetzt gehen«, sagte der Beamte. Die beiden Polizisten trugen Kurt in seinem Rollstuhl die Treppen hinunter ins Freie.

»Ihr hört dann wieder von uns, wenn es soweit ist«, sagte der beleibte Beamte, »das heißt, eure Eltern hören von uns.«

Die Krokodiler gingen auf dem Heimweg an der alten Ziegelei vorbei. Das große Tor stand weit offen. Quer vor der Einfahrt stand ein Peterwagen, und als sie hundert Meter weit gegangen waren, begegnete ihnen ein weiteres Polizeifahrzeug. Es hielt ebenfalls vor dem Tor.

Kurz vor dem Kirchplatz kam ihnen in voller Fahrt auf dem Bürgersteig ein Moped entgegen. Sie mussten beiseite springen und beinahe hätten Hannes und Maria den Rollstuhl umgerissen. Es war Karli. Er grinste, als er an ihnen vorbeifuhr.

»So ein Schwein«, rief Hannes.

Auf dem Kirchplatz unterhielten sie sich noch einmal über das, was sie heute erlebt hatten.

Frank sagte unvermittelt: »Ich danke euch allen, dass ihr keine Namen genannt habt. Jetzt wird alles gut. Die italienischen Kinder werden nicht mehr verdächtigt und mein Bruder muss nicht ins Gefängnis.« Frank schien erleichtert.

»Wenn ihr jetzt nach Hause kommt, müsst ihr alles euren Eltern erzählen«, sagte Kurt, »das Verschweigen hat keinen Zweck mehr. Irgendwann taucht mal die Polizei bei uns auf, dann erfahren sie es ja doch.«

Acht Tage nach ihrem Besuch auf dem Polizeirevier hatten sie immer noch keine Neuigkeiten gehört. Jeden Morgen lasen sie begierig in der Zeitung, aber sie fanden keine Notiz darüber, ob die Polizei nun eine Spur gefunden hatte.

Nur einmal hatte Kurts Vater beim Frühstück gesagt: »Die italienischen Kinder waren es nicht, sagt die Polizei, das haben Nachforschungen klar ergeben. Steht jedenfalls in der Zeitung.«

Frau Wolfermann nickte ihrem Sohn verstohlen zu. Kurt erwiderte seinem Vater nichts. Manchmal dachte Kurt an die Belohnung, was er mit dem Geld tun würde. Seine Eltern könnten ihm vielleicht das Spezialfahrrad kaufen. Vielleicht würde das Geld reichen – vorausgesetzt, sie würden die Einbrecher doch schnappen.

Am nächsten Sonntagvormittag gegen elf schoben Hannes und Maria Kurt zum Minigolfplatz, wo sie sich mit den anderen verabredet hatten. Unterwegs begegnete ihnen Egon auf seinem Moped. Er war allein.

Als er mit ihnen auf gleicher Höhe war, hielt er sein Moped an und rief Kurt zu: »Na, du Gartenzwerg, heute bist du wohl nicht so mutig ohne Pfeil und Bogen. Aber warte nur, das werde ich dir noch heimzahlen, du heimtückischer Kerl.«

»Dass du überhaupt noch wagst uns anzusprechen«, antwortete Maria. Aber Egon machte ihr gegenüber eine drohende Gebärde und rief: »Halt bloß dein Maul, sonst knall ich dir ein paar, du dumme Ziege!«

»Hau du ab«, sagte Kurt ruhig, »du Vorstadtdieb. Sonst zeigen wir euch tatsächlich an.«

Egon blickte überrascht auf Kurt und ehe Maria und Hannes begriffen, was er vorhatte, sprang Egon zum Rollstuhl und versetzte ihm einen heftigen Stoß.

Kurt kippte nach rechts, fiel aber nicht um, weil der Maschendraht einer Koppel ihn auffing. Kurt hing im Draht und konnte sich nicht bewegen.

Egon sprang auf sein Moped und raste davon. Das ging alles so schnell, dass Hannes und Maria nicht reagieren konnten. Das rechte kleine Rad des Rollstuhls hatte sich auf so unglückliche Weise in den Maschen verheddert, dass es Hannes und Maria allein nicht möglich war, Kurt aus den Maschen zu befreien. Da kamen zum Glück die Invaliden vorbei und halfen ihnen Kurt zu befreien.

Ein Invalide sagte: »Ihr müsst besser aufpassen, da kann ja wer weiß was passieren.«

Hannes und Maria vergaßen in der Aufregung, sich bei den alten Männern zu bedanken.

Als sie weiterfuhren, sagte Maria: »So, dem werden wir es heimzahlen … so ein gemeiner Kerl, und so einen wollten wir schützen …«

»Nein, Maria, nicht ihn, Frank wollten wir schützen«, sagte Kurt.

»Jedenfalls kriegt er jetzt seine Abreibung«, rief Maria. Sie fragte: »Milchstraße, bis du stark genug für einen Spaziergang?«

Hannes verstand sofort, was sie vorhatte, und antwortete: »Klar, ich bin immer stark.«

Dann schoben sie Kurt weiter, am Minigolfplatz vorbei,

auf dem sie noch keinen Krokodiler sahen, in den Wald, den Wald hindurch zum Ziegeleigelände, am Ziegeleigelände vorbei in die Wilhelmstraße. Und als Kurt, der auf seine wiederholten Fragen von beiden keine Antwort erhalten hatte, endlich begriff, was ihr Ziel war, sagte er: »Nein, das dürft ihr nicht tun, das ist Frank gegenüber nicht fair.«

»Und was macht Egon mit dir?«, fragte Maria, als sie vor der Polizeiwache angekommen waren.

»Du bist verrückt«, sagte Kurt.

»Nein, ist sie nicht«, antwortete Hannes. »Wäre der Maschendraht nicht gewesen, dann wärst du wieder umgekippt … wie lange willst du dir das eigentlich noch gefallen lassen …«

»Und Frank? Was ist mit Frank?«, fragte Kurt.

Hannes zuckte mit den Schultern.

Maria lief in die Polizeiwache hinein, und kaum war sie drinnen, da kamen auch schon zwei Polizisten heraus, sie nahmen einfach Kurt mitsamt seinem Rollstuhl hoch und trugen ihn ohne ein Wort der Erklärung in die Wachstube. »Vielleicht sollten wir uns doch einmal eine Rampe neben der Treppe anbringen lassen«, sagte einer der Polizisten. Der beleibte Polizist hatte Sonntagsdienst. Er sah die Krokodiler an und sagte: »Na, dann mal los, ich wusste doch, das ihr mich angelogen habt.«

»Wir haben Sie nicht angelogen«, sagte Maria.

»Nein, das habt ihr nicht, nur habt ihr mir nicht alles erzählt, was ihr schon vor acht Tagen gewusst habt. Das kommt dann auf dasselbe heraus.«

Und dann erzählte Maria alles von Anfang an, von ihrer Hütte im Wald, von der Hütte in der Ziegelei, von der Entdeckung des Kellers und ihren späteren Beobachtungen, und dass im Grunde genommen Kurt alles herausgefunden hatte.

Wieder wurde ein Protokoll aufgenommen.

Als Maria fertig war, sagte der beleibte Beamte: »Und ihr habt nichts sagen wollen, weil ihr den Egon nicht anzeigen wolltet?«

»Nein, weil sein Bruder, der Frank, unser Freund ist, deshalb wollten wir nichts sagen.«

»Es wird nicht schwer sein, sie zu überführen. Wir haben Fingerabdrücke bei den Einbrüchen gefunden.«

Dann gab ihm Hannes noch einen Zettel. Der Beamte fragte ihn: »Was ist das?«

»Ich habe mir die Nummer von dem VW-Kastenwagen gemerkt und aufgeschrieben. Das ist das Auto, mit dem sie das Zeug weggeschafft haben.«

»Hast du gut gemacht«, sagte der Beamte, »ihr könnt jetzt nach Hause gehen.«

Am vorletzten Ferientag rückten auf dem alten Ziegeleigelände ein Bagger und ein Bulldozer an und eine fünf Mann starke Abbruchkolonne. Die alten Gebäude wurden abgerissen. Lastwagen, die von dem Bagger beladen wurden, fuhren Schutt und altes Mauerwerk vom Gelände. An einem Hydranten waren Schläuche angeschlossen, aus denen die Arbeiter Wasser in das Mauerwerk spritzten, damit es beim Abbruch nicht so staubte.

Der Bulldozer walzte alles nieder.

Die Invaliden, die den ganzen Tag über nichts anderes zu tun hatten, sahen zu. Auch die Krokodiler. Nur Frank nicht. Seitdem sein Bruder verhaftet worden war, hatte ihm sein Vater den Umgang mit den Krokodilern verboten. Egon und seine beiden Kumpane waren allerdings einen Tag nach ihrer Verhaftung wieder freigelassen worden. Sie waren ja noch Jugendliche. Sie warteten auf ihre Gerichtsverhandlung.

Der Bulldozer riss einen Holzpfeiler der Trockenhalle ein. Der Pfeiler knickte wie ein Streichholz zusammen und zugleich stürzte die lange Trockenhalle ein. Das niederbrechende Dach begrub alles unter sich.

»Jetzt müssen wir uns wieder im Wald eine Hütte bauen«, sagte Olaf.

»Ich will keine Hütte mehr«, erwiderte Maria.

Die anderen schwiegen und sahen den Abbrucharbeiten zu.

»Alles, was wir uns aufbauen, reißen sie wieder ein«, sagte Hannes.

Als der Wind drehte und heller Staub schwadenweise über sie hinwegfegte, traten die Krokodiler den Heimweg an. Am Minigolfplatz trennten sie sich. Wie immer schoben Maria und Hannes Kurt nach Hause, aber vor Kurts Haus erlebten sie eine Überraschung.

Frank stand da. Er war verlegen, als er die drei ankommen sah. Er wusste nicht, was er mit seinen Händen anfangen sollte, endlich sagte er: »Ich wollte dich besuchen, Kurt.«

»Na, dann komm ins Haus«, antwortete Kurt. Frank zögerte. Dann half er mit, Kurt ins Haus zu schieben, und als Maria und Hannes sich verabschiedet hatten, sagte Frank: »Mein Vater weiß jetzt alles. Ich meine, wie Egon sich dir gegenüber verhalten hat. Ich hab ihm alles erzählt und da war mein Vater so wütend, dass er Egon am liebsten zu Matsche geschlagen hätte, wenn er nicht weggelaufen wäre.«

»Ja«, fragte Kurt, »meinst du, das hilft was?«

»Mein Bruder ist wie ausgewechselt. Er backt jetzt kleine Brötchen. Mein Vater hat ihm das Moped weggenommen. Er will es verkaufen, sagt er, weil es nach der Gerichtsverhandlung wahrscheinlich viel zu zahlen geben wird.«

»Warum kommt der Egon nicht selber zu mir, um sich zu entschuldigen«, fragte Kurt, »warum machst du das für ihn?«

»Er traut sich nicht.«

Dann saßen beide noch an Kurts Spezialtisch, und Frank versuchte mit Wasserfarben irgendetwas auf ein Blatt zu malen. Als sie lange Zeit geschwiegen hatten, sagte Frank: »Mein Vater hat gesagt, die Belohnung wird an uns alle ausbezahlt, zu gleichen Teilen, und er hat gesagt, wir sollen die Belohnung nicht annehmen. Wir sollen das Geld deinen Eltern geben, damit sie dir das Fahrrad kaufen können.«

Kurt sah überrascht auf: »Hat das dein Vater wirklich gesagt?«

»Ja, hat mein Vater gesagt«, antwortete Frank.

»Das ist schön von deinem Vater. Aber meine Eltern werden das wohl nicht annehmen, da sind sie sehr empfindlich. Sie wollen nichts geschenkt haben.«

»Mein Vater will mit deinem Vater sprechen«, sagte Frank.

Dann malten sie still weiter. Keiner sprach.

Endlich sagte Frank: »Vielleicht nehmen deine Eltern das Geld an, wenn alle Krokodiler damit einverstanden sind … Wir rufen eine Versammlung ein.«

»Das heißt«, fragte Kurt, »du kommst jetzt wieder zu uns? Und bist auch nicht mehr böse?«

»Nein, ich bin nicht mehr böse auf euch, ich bin es nie gewesen«, antwortete Frank.

Als Frank schon an der Tür war, um nach Hause zu gehen, fragte er: »Sag mal, ich darf doch wieder zu dir kommen?«

»Natürlich darfst du immer zu mir kommen. Du kannst doch mit dem Rollstuhl am besten umgehen von den Krokodilern.«

»Ja, und dann sag ich Olaf, dass wir wegen der Belohnung eine Versammlung einberufen müssen«, sagte Frank.

»Ja und wo?«, fragte Kurt.

»Wo? … Ja, wo!«

»Wir müssen wieder eine Hütte haben«, sagte Kurt.

»Ja, wir müssen wieder eine Hütte haben«, sagte Frank und ging.

Eine Woche nach Schulbeginn bauten sich die Krokodiler mit Einverständnis des Försters schon eine neue Hütte im Wald.

Die Invaliden halfen ihnen dabei.

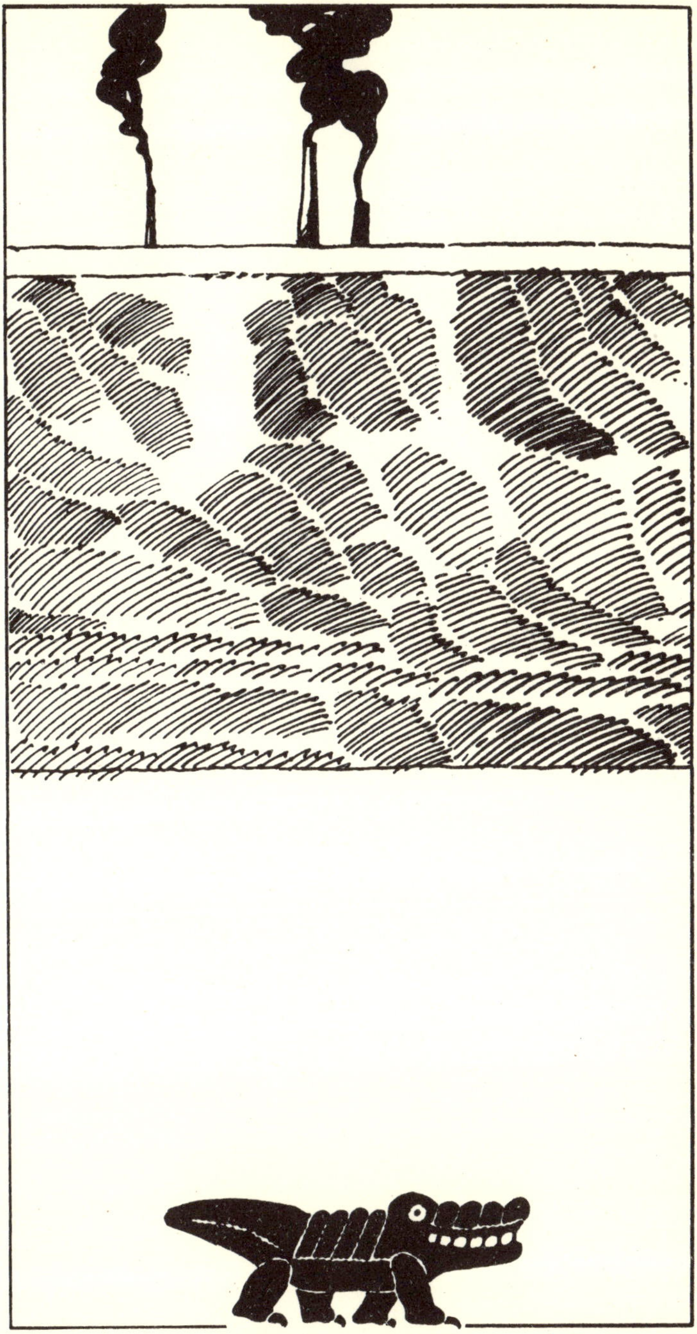

Foto: © Max von der Grün

**DER AUTOR**

Weil ich selbst einen Jungen habe, der im Rollstuhl gefahren werden muss, habe ich diese Geschichte von den Krokodilern geschrieben. Auch mein Sohn muss oft warten, bis Nachbarjungen kommen und ihn abholen, zum Fußballplatz mitnehmen oder zum Minigolfplatz. Es ist schwer für einen Jungen, nicht einfach mit anderen Jungen weglaufen zu können, immer warten zu müssen, bis ihm einer hilft. Und wenn ihr in eurer Nachbarschaft einen Jungen oder ein Mädchen seht, die behindert sind, denkt daran, dass es jeden treffen kann, seid freundlich zu ihnen, versucht zu helfen. Oft ist schon viel geholfen, wenn ihr freundliche Worte findet, denn Worte können verletzen – oder helfen.

Max von der Grün

cbj

Kinder- und Jugendbuchverlag
in der Verlagsgruppe Random House

MIX
Papier aus verantwortungsvollen Quellen
FSC® C014496

Verlagsgruppe Random House FSC® N001967
Das für dieses Buch verwendete FSC®-zertifizierte Papier
*Pamo House* liefert Arctic Paper Mochenwangen GmbH.

1. Auflage 2014

Umschlagbild und Innenillustrationen: Heinz Edelmann
Umschlaggestaltung: init | Kommunikationsdesign, Bad Oeynhausen
SaS · Herstellung: AJ
Satz: Uhl+Massopust, Aalen
Druck: GGP Media GmbH, Pößneck
ISBN 978-3-570-15905-7
Printed in Germany

www.cbj-verlag.de